新典社選書60

作品の表現の仕組み

――古典と現代　散策――

大木正義著

新典社

目　次

伊勢物語の一表現

――六十七段「うし（憂し）」か「をし（惜し）」か――

伊勢物語第六十七段における和歌、

きのふけふ雲のたちまひかくろふは花の林をうしとなりけり

（日本古典文学大系　149ページ　傍線大木。以下同じ）

における「うし」は和歌全体の意味から見て不審であると考えられるから、これを「をし（惜し）」の誤写であるとするのが妥当であるとするとの見解が後藤康文氏によって提出されている。[1]「〜をうし」という表現形式がどのような意味、用法を持つか、先学はこれをどのように見ているか等について慎重に検討を加え、「〜をうし」は「〜ををし（惜し）」の誤写であるとの見解である。示唆に富むが検討の余地があるように思われる。

＊

伊勢物語第六十七段の全文を示そう。

むかし、男、逍遥しに、思ふどちかいつらねて、和泉の国へ二月許にいきけり。河内の国、生駒の山を見れば、曇りみ晴れみ、たちゐる雲やまず。あしたより曇りて、昼晴れたり。雪いと白う木のするゑに降りたり。それを見て、かの行く人のなかに、たゞ一人よみける。

きのふけふ雲のたちまひかくろふは花の林をうしとなりけり　（149ページ）

後藤氏の指摘の重要なものの一つに、「〜をうし」という表現形式の意味、用法を従来の研究が的確に把握していないという指摘がある。後藤氏は、この表現形式は「格助詞「を」をもって取り上げられた対象そのものに対して、主体が「いやだ・つらい」等の厭わしい感情を抱懐していることを述べる」ものであると指摘したうえで、従来の研究がこの点をおろそかにしていると批判している。従来の研究では例えば、「花の林を人に見られるのを厭わしいと思ってのことだ」（『評釈伊勢物語』・釈）「実は雪の花を咲かせた林を人に見られるのがいやだというわけだったのだなあ」（講談社文庫・和歌訳）と解釈しているが、これらの解釈は「〜をうし」の意味を的確にとらえていないと指摘するのである。私も後藤氏の指摘を支持する。氏の他の指摘を併せてみると「をし」説は大変魅力的である。「をし」説に従えば、当の和歌は、

　昨日今日と雲が立ち舞ってあの生駒山が隠れているのは、梢の雪がまるで花のように美しい林を雲が名残惜しいと思ったからだったのだ。

と解釈されることになり「「花の林」に対する「雲」の執着・執心を読みとることが重要」であるということになる。

＊

　だがこの「をし」説には疑問がある。「雲」がなぜ晴れたのか、「雲」が執着・執心の心を持っているとすればあくまで曇っているべきではないか、それなのになぜ晴れたのであろうかという疑問が生ずるのである。

地の文に、「雲」は「あしたより曇」っていたのであるが、「昼晴れたり」とある。地の文にこうした叙述があることから分かるように、「雲」は「昼」になって晴れたのである。「雲」は「花の林」に執着しその場を立ち去りかねていたのであるが、なぜこの時点で執着・執心の心を捨てたのであろうか。執着・執心の心があるとすれば、あくまでも曇り通してその場にとどまっているべきではなかろうか。

＊

この疑問は「うし」説にも提出される。この説によれば、「雲」は「花の林」を見せるのがいやだと思っていたことになるが、「昼」には見せる気になったのである。しかしなぜ見せる気になったのであろうか。「いや」ならあくまで見せないでおくべきではなかろうか。こうした疑問が「うし」説に対しても提出されるのである。

＊

では「雲」はなぜ晴れたのか。この問を説明できるような解釈はないものだろうか。第六十七段の地の文及び和歌を読み直してみたい。

「雲」が晴れたことによって、「男」は「雪いと白う木のするゑに降」った景色を目のあたりにしたのであるが、この景色は「雲」が隠していた景色とは異なるものであると考える。「うしし」説及び「をし」説では両景色を同じものと見ているが私は異なるものであると考える。この点を第六十七段の本文に即して詳しく見ていこう。

「男」の目にした景色は「昼晴れ」た折のものである。そのことは地の文に「昼晴れたり。雪いと白う木のするゑに降りたり。それを見て」とあることによってわかる。だが地の文によればもう一つの雪景色がこれ以前に生駒の山に存在したとみなければならない。「男」が二月に生駒の山を訪れたときには「あしたより曇」っていて「たちゐる雲やまず」という状態であった。その「雲」に隠されていたのがもう一つの雪景色であったと考える。それは雪景色にはちがいなかったが「男」が眼前にした「雪いと白う木のするゑに降」った雪景色とは異なるものである。その異なる雪景色を「雲」は隠し、よりよい雪景色にしようとしていたのである。そのことは「曇りみ晴れみ、たちゐる雲やまず」と叙されていることによって知られる。雲は「男」がこの地を訪れるのを知って「男」の鑑賞に堪えることのできる雪景色を造り上げようとしそれを「昼」になって完成させたのではあるまいか。「男」が訪れた「二月」ころには既に雪景色は出来上がっていたのであるが、「雲」はそれでは「男」は満足しまいと思ってその雪景色を

「男」の目から隠し鑑賞に堪えられる雪景色をいわば創造したのであると考えるのである。

このように考えてよいとすれば、和歌において「男」もその「雲」の行動・行為を推量して「きのふけふ雲のたちまひかくろふ」と詠んで「雲」の意図するところを明らかにしたと考えられる。したがって「花の林」は完成品以前に既にあった雪景色、「男」に見られるのをはばかった雪景色ということになろう。その雪景色すなわち「花の林」が「雲」にとっては「うし」と感ずる対象であったとすれば後藤氏のようにこれを不審とするには当たらないと思う。「雲」は自ら立ち働いて「昼」までにいわば理想の雪景色を完成させたのであるから、執着・執心は解けたはずである。「昼晴れたり」とあるのは「雲」の満足感のしからしむるところである。

＊

以上述べた小見にはいくつかの前提がある。その前提をここに確認しておこう。

第一の前提は、この地を訪れた「男」は景色に対するすぐれた鑑賞眼の持ち主であるということである。「雲」が己の作品の完成度に配慮しなければならないほどの人物であるということである。

周知のように伊勢物語の主人公とおぼしき「男」は性格・教養等においてゆるい統一体であ

ると見なければならない人物である。一貫した性格でくることはなしがたい。だが第六十七段では「思ふどち」の中で和歌を詠んだのは当の「男」一人であるという点から見てもなかなかの人物である。和歌が詠めるほどの人物であることも見逃せまい。だとすると「男」は景色の観賞にもすぐれた人物であり「雲」の振る舞いはそのことをわきまえてのものであるとみることが許されるのではなかろうか。

さて、今述べたことだが「雲」を擬人化し、美に対する並々ならぬ鑑賞眼を備えている者とするのも小見の前提の一つである。「男」が「雲」のこの振る舞いの意図を察しているらしい詠みぶり――「きのふけふ雲のたちまひかくろふは」と詠む詠みぶり――から見て「雲」はそうした能力、配慮の深さの持ち主であるとみなしてよいであろう。

更には歌に詠まれている「花の林」を、「雲」からすれば未完成のもの、「男」の目には叶わないものと見るのも小見の前提である。「花の林」という表現は雪景色の完成品、美の完成品を意味する。「男」がこの地を訪れる前に既に「花の林」は完成していたのであるが「雲」は「男」の来訪を知ってその「花の林」を一層美しいものにしたいと思ったのである。そのことは「雲のたちまひかくろふ」という行動・行為によってうかがい知ることができる。

繰り返しになるが、歌に詠まれている「花の林」は美の完成品であること、にもかかわらず

「雲」はそれに満足することなく一層の完成を目指して「たちまひかくろふ」という行動・行為にでていることを小見の前提の一つとしたい。

＊

最後に当の和歌に口語訳を付すなどして小見のまとめとしたい。

雲が昨日今日立ち舞ってあの生駒山が隠れているのは、意に満たない花の林を厭わしい（いやだ）と思ってのことだったのだ。

「男」はおそらく生駒山の雪景色を絶景として伝え聞いていたであろう。だがそれ以上に「男」は「雲」の鑑賞眼、美の完成への「雲」の執念のほどに関心の目を向けている。私はこの方向で伊勢物語第六十七段を読んでみたいと思うのであるがいかがであろうか。

注

（1）後藤康文『『伊勢物語』誤写の論～第六十七段の場合～』（『文学・語学』193）。

信生法師集の一表現

源実朝に親近し後に出家した武家歌人信生法師に信生法師集なる著作がある。この作品は、二つの異なる文章様式が用いられており、二部によって構成されている。第一部は紀行文の様式によって叙され、第二部は歌集の様式によるものである。前者のものは「信生法師日記」と称され、後者のものは「信生法師日記歌集部」と称されているが、本項では前者を「日記」、後者を「歌集」と仮称する。

さて、この信生法師集の内容上の特質については既に先学の見解があるが、本項では表現上の特色、特に言語表現にうかがわれる特質について検討することにしたい。この集の内容上の特質がいかなる表現によってもたらされているかという面に焦点を絞り小見を述べたいと思うのである。

＊

最初に「日記」を検討する。小見を述べるに当たっては、外村南都子氏によって校注されている新編日本古典文学全集における段落分けと小見出しに注目したい。

第一段落　「序―東国へ修行の旅に出発」
第二段落　「東海道の旅、京より八橋まで」
第三段落　「宮地山より車返まで」
第四段落　「鎌倉到着、源実朝の七回忌供養と追憶」
第五段落　「鎌倉より善光寺への旅、浅間山まで」
第六段落　「旧友伊賀光宗訪問と善光寺到着」
第七段落　「鎌倉帰着、北条政子の突然の死」
第八段落　「鎌倉より故郷塩谷への秋の野の旅」
第九段落　「故郷との再度の別れ」

「日記」は、元仁二年（一二二五）二月十日ごろに京を出発した旅であり、東海道から鎌倉への旅、鎌倉から信濃善光寺への旅、鎌倉から故郷塩谷への旅と、二度の鎌倉在との記によって構成されている。

各段の叙述はおおむね坦々として平明である。だが、こうした特色をもつ表現の中にあってそれとは趣を異にする表現がいくつかある。本項ではそれらの表現について具体的に検討してみたい。

「日記」の坦々として平明な叙述の中にあってわずか二例ではあるが終助詞が使用されている。終助詞は表現者の強い情意の表出に有効な表現であるがその使用は坦々とした叙述とは趣を異にするものである。その具体例を示しそれらの用法を検討してみたい（新編日本古典文学全集『中世日記紀行集』所収「信生法師日記」及び付録「信生法師日記　歌集部」）。

（1）抑、忝く天枝常葉の塵より出でて、兵馬甲の道を伝へ給ふことは、思ふに、生れて世々になりぬる中に、広く唐土の文を習ひ、その道を見給へりし。ありがたかるべきぞかし。かの張良は、兵法の文を習ひて、謀を帷帳うちにめぐらしき。まこと、漢才をもて和才をやはらぐる理りをも知り給へるなるべし。中にも、大和言の葉は、その道盛り、つと興りき。君となり臣となる契り世々に深しといひながら、ことに忘れ難きは、花・郭公・月・雪の折々の御情なり。普き交はり冬の雪よりも積りにしものをや。
言の葉の情を忍ぶ露までもいづれの草の陰に見るらん
（95〜96ページ　傍線大木。以下同じ）

右に引用した（1）は、第四段落「鎌倉到着、源実朝の七回忌供養と追憶」における叙述の一節であるが、ここに使用されている終助詞「ぞかし」及び「をや」に着目したい。「ぞかし」は、源実朝が中国の古典を学び兵法の道を理解していたことを、「ありがたかるべし」と評価したその叙述を念押しし訴えるものである。「をや」は、実朝と作者信生との風雅の広い交わりを切々と偲ぶ心情を慨嘆するものである。この慨嘆の心情は、和歌「言の葉の情を忍ぶ露までもいづれの草の陰に見るらん」と呼応するものともなっていよう。この「日記」は和歌をもってその段落を終えるという叙し方をするのが大方であるが、地の文に終助詞を使用し、その表す心情を直結する形で段落を終えているのはこの第四段落だけである。

このように、「ぞかし」「をや」の使用、和歌の配置、段落の終わり方をたどってみるといかにこの段落が情意豊かに構成されているかがわかる。主君源実朝を偲ぶ心情、主君を追憶する心情の強さのほどの反映であろう。作者信生は源実朝の和歌の相手であり親密な交わりをもつ間柄であった。そして実朝暗殺事件を機に出家している。そうしたことが実朝七回忌における作者の心情を切なるものとしていると考えられる。この二つの終助詞「ぞかし」「をや」はその切なる心情を読者に強く訴えかけるのに有効なものとなっている。

＊

さて、「日記」の地の文には「悲し」という表現が三例見出される。「悲しとも疎なり」「悲しく侍りしか」「悲しく侍る」といった形で使用されている。そこで、これらの使用されている文脈を示しそれらの表現の用法を検討してみよう。

（2）薪尽きにし暁の空、形見の煙だに行方も知らず、霞める空はたどたどしきを、篠分けし暁にあらねども、帰さは袖の露も数まさりし折なんど、ただ昨日今日と移り行く夢を数ふれば、早七年なりにければ、驚かるるは悲しとも疎かなり。（95ページ）

（3）中にも、矛の先を退かず、盾の面に身を捨てむと、顧みざる武士の類ひ、その数仕へ奉れども、無常の敵をば靡かさざりける慣らひなれば、空しき屍をのみ送り奉りて、富士の高嶺の雲と見なし奉しことこそ、哀れに悲しく侍りしか。（100ページ）

（4）思ひ知り顔なるものから、深く驚く心の催さぬのみこそ、悲しく侍る。（101ページ）

（2）は先の（1）と同じく、実朝の七回忌の供養と追憶を叙す第四段落におけるものである。（3）と（4）は、北条政子の突然の死を叙す第七段落におけるものである。（2）が第四段落に使用されているのは、先の（1）において終助詞「ぞかし」及び「をや」が使用されていたことが思いあわされ興味深い。（2）における「悲しとも疎かなり」は（3）（4）における「悲しく侍りしか」「悲しく侍る」に比べ一層の悲しみの心情が表現されている。それと同時に悲しみの心情の表現が政子の突然の死を悼む文脈の中において使用されていることにも注意したい。（3）（4）における二例とも係助詞「こそ」によって卓立された事柄に対する作者の心情であることも注意されてよい。

言うまでもなく政子は実朝の実母であり作者信生にとっては忘れることのできない人物であったはずである。その人物に「～こそ、悲し」の表現が使用されているのである。

この作品に登場する人物を見ると、その身分から見ても実朝と政子は別格である。そして作者信生とのかかわり方という点から見ても実朝と政子両人とのかかわり方は別格なのである。だとすれば当該の「悲し」の表現とそれに伴う「疎かなり」「こそ」という表現の使用は注意されてよいであろう。

＊

「日記」における会話文に目を転じてみたい。するとそこにも終助詞と係助詞が使用されているものが目にとまる。それらを具体例に即して検討してみたい。

（5）久しく見侍らざりつる女子どもの、心易きさまにありつきたるもなくて、ただ、「さまを変へて、京なんどに侍りて、見奉ることにて侍らばや」と申して泣くさまも、さすがに哀れにおぼえ侍りて、

故郷のこの下露にまた濡れて昔に返る墨染の袖　（102～103ページ）

右の（5）は、「日記」の最後の段落「故郷との再度の別れ」と小見出しを付された第九段落におけるものである。ここに終助詞「ばや」が使用されていることに注目したい。

作者信生は修行のついでに故郷の塩谷に足をのばす。それは亡き妻の十三回忌に当たるからである。作者信生は「隠れ侍りし者の十三年に今年当り侍る由を、子供なんどの申すを聞き侍るにも」と叙しているが、その叙し方はなにか人ごとのようである。修行の結果、新しい境地に至り得たからなのであろうか。しかし、「別れ路に露の命の消えやらで十と三年の秋に会ひぬる」との歌を添えているのを併せ考えると、抑えた筆の底に作者信生の深い感慨が秘められているようにも感じられる。それは悲しみを超えた境地といったものからはほど遠い。

さて先掲の（5）はこの歌に続いての叙述であるが、そこには我が子「女子」の言葉が叙されていることに注意したい。「隠れ侍りし者の十三年に今年当たり侍る由を」叙すくだりでは言葉は間接話法の形で叙されていたが、ここでの言葉は直接話法の形をとって叙されている。そうした対照的叙法は「女子」のこの言葉を感慨深いものとしている。父の世話をしたいという親を思う心情が「見奉ることにて侍らばや」という強い願いの表現に端的にうかがわれ、読む者の胸を打つ。「女子」はこの時十四歳とおぼしいが作者信生は結婚相手の決まらないこの「女子」のことが気がかりなのである。こうしたことを併せ考えると、「女子」の言葉は一層胸を打つ。しかしながら作者信生は恩愛の絆をたち切り、故郷からのいわば再出発をはかるのである。そうしたこともかかわって「女子」の当の言葉の場面は哀切きわまりないものとなっている。「ばや」の使用効果は見事である。

さて、次に示す（6）の会話文には一文中に二つの係助詞が使用されている。私はこれにも注目したい。

（6）主、「かかる古屋の内にて、短き春の夜も明かし難う、秋の日も暮し難くて、思ひ過ぐす心の内、ただ思し遺れ。身に添う物とては、昔の面影も、今はましていかでかと思ひつるに、憂きに堪へたる命の辛さも、今こそ嬉しうなん」といふ。まことにさこそはと、哀れに推し量る。（98ページ）

右の（6）は第六段落「旧友伊賀光宗訪問と善光寺到着」の一節である。作者は、鎌倉より善光寺へ至り、和歌の方面でも共に実朝に仕えた旧友の伊賀光宗を訪問した。光宗はある事件のために今は姨捨山の辺りに隠れ住んでいるが、作者は光宗の「沈むらん心のうち」を気の毒に思いこの地を訪問したのであった。その折の対面の際に発した光宗の言葉が右に示した（6）における引用である。外村氏の現代語訳によると「苦しいことに耐えてながらえた命のつらさも、お会いできた今こそ嬉しいことで」と、光宗は言うが、「といふ」でこの言葉を引用し、この会話が今現在目の前で行われているものとして叙している。臨場感あふれるものとなっていると評価することができよう。

そこで私が注目したいのはこの会話に「こそ〜なん」と二つの係助詞を使用しているということである。それは光宗との、再会のこの上もないよろこびを表現するのに効果的である。一文中に一つの係助詞というのが普通であるがここにはいわゆる強調の意を表す「こそ」と「なん」が重用されているのである。

以上、終助詞「ぞかし」「をや」、「悲し」という情意性の強い形容詞（しかもそれは「疎かなり」を伴ったり、係助詞「こそ」によって卓立された事柄が「悲し」の対象であったりしている）、一文中に係助詞「こそ」「なん」を重用したりする叙述を検討してきた。それらは、作者信生の最も尊敬する人物、かけがいのない旧友にかかわるものに限られており、その文脈を情意性豊かなものにしているということを明らかにした。

＊

さて目を転じてこの「日記」最後の段落、第九段落をいくつかの表現に着目して読んでみたい。

（7）この度を限りにて、今はこの世にて又相見ることもあるまじきぞかしと思ひ侍るにも、さすが心弱くは侍れども、「流転三界中」の理りを忘るべきにもあらず。さらぬ別れもあるぞ、果てし恩愛の絆もあらねば、猶心強きさまに思ひなり侍りぬる。今さらにこの名残をや嘆かまし終の別れを思はざりせば

（103ページ）

最後の段落は「修行のたよりに、故郷に廻りまうで侍れば」という叙述をもって始まる。「久しく見侍らざりつる女子どもの」から「故郷の下露に」の歌までの叙述については先の（5）において小見を述べた。ここでは右の（7）の叙述を中心に述べてみたい。

先に「日記」の叙述はおおむね坦々として平明である旨を述べたが、（7）はそのような評価ではくくることのできない叙述である。（7）においては作者の心の動揺が叙述の展開の仕方に反映しているように感じられるのである。「今はこの世にて又相見ることもあるまじきぞかし」という決意のほどを終助詞「ぞかし」で強く自らにいましめているが、「さすがに心弱くは侍れども」と叙して揺らぐ心を抑えきれない。しかしそうあってはならないという思いが

押し出してくるがそれを抑えようとする気持ちが「ども」と反転する表現によって叙される。そして「理りを忘るべきにもあらず」と強く自らに言い聞かせる。そしてこの念押しは「さらぬ別れも~侍りぬる」の比較的長い文へと連なり再度自らに言い聞かせるのである。最後の歌にはこれまでの心の葛藤に終止符を打たせる姿勢がうかがえる。「終の別れを思はざりせば今さらにこの名残をや嘆かまし」と叙してもよさそうな表現を倒置した表現にすることによって、自分の理念の正当性を自らに言い聞かせる趣を出している。

外村氏は頭注に「この作品の構成は、故郷からの再出発、とくに残して行く子供への思いをふり切って、二度と訪れはしないものとしての別れに集約されている。」と述べているが、作者信生の葛藤と強い決意のほどは、(7)の諸表現及びそれらの展開の仕方という点からもうかがい知ることができるのである。

＊

さて、信生法師集は「日記」と「歌集部」の二つによって構成されている旨のことを先に述べたが、ここからは「歌集部」をも視野に入れてこの作品の表現にかかわる問題を更に検討してみることにしたい。「歌集部」は「日記」にすぐ続けて書写されている（写本は宮内庁書陵部蔵。孤本）から、「日記」を踏まえ比較しながら読むことが許されよう。

作者信生の「女子」が信生の世話をしたい旨を泣きながら言ったことについては先の（5）の検討の中で述べたが、その時点以前においては作者信生は「女子」に対してどのような態度を示していたのであろうか。このことは「日記」からはうかがえないが「歌集部」を読むことによってその疑問にいくらか光を当てることができるように思われる。

（8）すでに思ひ立ち侍りし頃、その気色や見え侍りけん、使ひ侍る者どもの、「いかにせん」といひ合へるを聞きて、八つになる女子、七つになる男子、「母の亡きだにわびしきに、父さへ打ち捨ててなくば、いかにせん」なんどいひて、持仏堂の内におととい入りて、仏に「父留め給へ」と申しけるを、付きて侍る者の、「いづちぞと求め侍りける程に、持仏堂の内に人気色のし侍りけるを、聞き侍りつれば、幼き者ども、『仏に申す事は叶ふなれば、父が我を捨てて行く、留め給へと申す事』とて嘆き侍る」と申すを聞きしに、何となく哀れに心細くおぼえ侍りしかば、

遁れよと人を勧める仏までこの思ひにや思ひかぬらむ　（637ページ）

（9）既に振り捨てて一日路まで出で侍るに、宿に追ひて、この八つになる女子の許よりか

くなんと申して侍りし、
恨めしや誰を頼めと捨てて行く我を思はばかく帰り来よ（638ページ）

先述した（5）においては、「女子」は十四歳であったがこの（8）では八歳である。この「女子」は、「男子」（この時七歳）とともに「母の亡きだにわびしきに、父さへ打ち捨ててなくば、いかにせん」などと言い、持仏堂に入って「父留め給へ」と申して嘆いている。と同時に、（9）の和歌からわかるように父の行為に「恨めしや」という気持ちも抱いていたのである。

ところが十四歳になった「女子」は、「さまを変へて、京なんどに侍りて、見奉ることにて侍らばや」という気持ちを抱くに至っているのである。先の（5）について考察した際には、（8）（9）にうかがうことのできる「女子」の気持ちは視野の外にあった。それは「日記」においては「八つ」の折の「女子」の気持ちが叙されていなかったからである。だが「歌集部」にうかがえる「八つ」の折の「女子」の気持ちに接すれば、我々読者は（5）と（8）（9）とを併せ読むことになるのは当然である。そして我々読者は（5）において作者信生が「さすがに哀れにおぼえ」て、「故郷のこの下露にまた濡れて昔に返る墨染の袖」と詠んだその心情を一層よく理解するに至るのである。「八つ」の折と今と、その間の「女子」の成長ぶりが我々読者に伝わってくるし、作者信生の「さすがに哀れ」の心情も切々と伝わってくるのである。

＊

「歌集部」を視野に入れることによって、「日記」の読みが深まる例はまだほかにもある。

（10）年来相具し侍りし女はかなくなり侍りしかば、夢の心地し侍りて、
　夢かとてさらば慰む方あれな現ともなく思ふ思ひの
（637ページ）

右の（10）は作者信生が妻を亡くした折のものである。妻の死を「現ともなく思ふ思ひ」――現実のこととも思われないこのつらい思い――という気持ちを痛切に表現している。そしてこの切実な思いを「慰む方あれな」――鎮める方法があってほしい――と表現して和歌に託している。

それでは「日記」ではどうか。第九段落「故郷との再度の別れ」のくだりでは、「隠れ侍りし者の十三年に今年当たり侍る由を、子供なんどの申すを聞き侍るにも、後れ先立つ世のはかなさに、いかで我が身の、今まで亡き数に漏れたると思ふに、哀れにて、別れ路に露の命の消えやらで十と三年の秋に会ひぬる」とあった。ここでは（10）にうかがわれる作者信生の激烈

な心情、そこからの解放を願う痛切な思いは、うかがうことはできない。今に至ったことを静かに振り返るといった趣である。作者信生が（10）にうかがわれる心情をかつて味わったであろうことは予想されるが「歌集部」（特に（10））はそれが事実であったことを裏付けるものとなっているという点は注意されてよい。

（11）この事思ひ侍りし頃、時鳥の初めて鳴くを聞きて、
事問はんしばし語らへ時鳥死出の山路にき□はあひきや　（637ページ。□は欠字。元ママ）

右の（11）における「この事」とは作者信生の妻の死を指すが、この（11）から作者信生の妻への哀切な思いがずっと長く続いていたことが知られる。それは当然のことなのではあるがそうした思いのあること、その具体的な様の一端が（11）によって知られるということが貴重なのである。

付言を一つしておく。「歌集部」には我が子への思いを詠んだ歌が四首も収められている。「日記」にも子への思いが綴られているが、その思いがいかに強かったかを「歌集部」は教えてくれる。

今鏡の一表現
――終助詞「かし」の一用法――

歴史物語という名称のもとにくくられるいわゆる四鏡―大鏡・今鏡・水鏡・増鏡―において使用されている終助詞「かし」の使用法をめぐっては既に小久保崇明氏に論がある。(1)氏は終助詞「かし」のほかに間投助詞「や」「な」「よ」についても考察を行っているが本項では「かし」を中心に検討する。なお、「ぞかし」も「かし」に含める。終助詞「かな」「は」も必要に応じて取り上げ検討することにしたい。

＊

小久保氏は先述の論考に先立って終助詞「かし」についての論考を発表している。(2)そこでは、大鏡における文末に添えて叙述に念を押す意を示す終助詞「かし」について考察を加え、いくつかの知見を示している。本項にとって必要な知見を次に引用する。

（大鏡は）「かし」「ぞかし」が多用され、「ぞかしな」「かしな」が比較的多く顕現するのは、語り手の姿勢を示すものと思われる。世次を中心とした語り手は、聞き手（多くは聴衆）を意識し、その聞き手に対し、感情豊かに念を押しながら話を進めているようである。ここに大鏡の文章の特色をみる。このような生き生きとした語りの姿勢は、他の歴史物語〈注30〉にも顕現しない。

〈注30〉栄花物語と増鏡については「本文中で触れている。今鏡と水鏡における「かし」の分布を示すと、今鏡は「かし」の総数三五例（うち、連歌に「かしな」一例）、そのうち散文中に「ぞかし」二六例「ぞかしな」「かしな」の用例はない。また、水鏡の「かし」は七例で散文中に見え、すべて「ぞかし」の形態をとる。

右に引用したようにこの論考では今鏡と水鏡への言及は〈注30〉にとどまる。

さて氏はこの論考に続いて小稿の冒頭にあげた論考において知見を深めている。そこから今鏡についての知見をまとめると、「今鏡は大鏡に比べると、豊かな語りは余り見出せない」ということであり、水鏡も語りの口調は極めて単純であり、増鏡は大鏡を次ぐ位置にある旨を指摘している。

これらの知見は、「かし」の使用数及び、形態の種類（動詞の終止形＋かし、助動詞の終止形＋かし、など六形態）の多寡という点に注目して導かれた知見であり首肯されてよい。

＊

だが終助詞「かし」の用法の検討に当たっては、文末に添えて叙述に念を押す「かし」がどのような叙述に念を押しているのか、言い換えれば叙述の意味内容に踏み込んで検討する必要があると考える。小久保氏の観点は客観的であるがそれに留まっては「語りの姿勢」にある程度光が当てられるといった知見しか得られないのではなかろうか。本項の観点は叙述の内容の質に及ぶものであり多分に論者の主観をまぬがれがたいが、出来るだけの客観をめざしてのこのたぐいの検討は避けて通るわけにはいかないと考える。

＊

私は、今鏡は他の歴史物に比べ、「賛美」の姿勢が強く、取り上げる人物や事件などを強く否定したり非難することが少ない傾向にある旨を具体的な言語表現に基づいて明らかにした。

それは歴史を語るに当たっての今鏡の独自な姿勢であるとも述べた（拙著『今鏡の表現世界』『今鏡の表現　追考』ともに新典社、など）。そこでこの小見に従えば、終助詞「かし」もこの姿勢に基づいて使用されているということになる。そして他の歴史物語はこの姿勢に基づいてはいないということにもなると思うのである。

そこでまず今鏡における終助詞「かし」および「ぞかし」の用法―どのような内容に対して念を押し訴えているかと言うこと―から具体的に検討してみよう（日本古典全書『今鏡』）。

（1）大齊院と申ししは選子内親王ときこえさせ給ひし、この御事を聞かせ給ひて、詠みて奉らせ給へる御歌、

君はしもまことの道に入りぬなりひとりや長き闇に迷はむ

この齊院は村上の皇后の宮の生み置き奉らせ給へりしぞかし。

（64ページ　傍線大木。以下同じ）

万寿三年の正月十九日に太皇太后彰子が出家した。その折を語り手は「めでたくも哀れにもきこえさせ給ひき」と賛美し、（1）の叙述が続く。選子内親王は「君はしも」の歌を詠む。

歌に続く付言をしめくくる「ぞかし」で斉院は村上帝の皇后の宮安子が産んだ、ということを聞き手に訴える。つまり選子内親王を安子の子であるとその系譜を明らかにすることによって選子内親王を賛美している。

（2）東三条殿の御妹なれば、この入道殿には御叔母に当たらせ給ふぞかし。（64ページ）

この（2）は先の（1）に直接する叙述である。選子内親王が兼家の妹であり道長の叔母に当たるという系譜を明らかにして選子内親王を賛美している。その聞き手への強い訴えが「ぞかし」によってなされている。

（3）同じき四年十一月に殿上の歌合せさせ給ひき。村上の御時、花山院などの後、めづらしく侍るに、いとやさしくおはしましゝにこそ。能因法師の「いはねの松も君がため」と一番の歌に詠みて侍る。この道のすきもの、時にあひて侍りき。「龍田川の錦なりけり」といふ歌も、この度詠みて侍るぞかし。（79ページ）

右の（3）は、永承四年の内裏歌合の折の歌を叙している。文脈からわかるようにそれぞれの歌は賛美の対象となっており、それを「ぞかし」によって聞き手に訴えかけていることがわかる。

（4）位におはしましし時は、中宮の御事歎かせ給ひて、多くの御堂ども造らせ給ひき。院の後は、その御娘の郁芳門の院崩れさせ給へりしこそ、限りなく歎かせ給ひて、御髪も剃ろさせ給ひしぞかし。（102ページ）

白河院は娘の郁芳門院が亡くなりその嘆きのあまり剃髪する。「ぞかし」は白河院の剃髪に対して篤く同情する気持ちを聞き手に訴えかけているのである。

（5）この帝の御母、贈左大臣長実の中納言の娘なり。皇后宮得子と聞え給ふ。美福門の院と申しき。この御あり様、先に申に侍りぬ。かつは近き世の事なれば、誰も聞かせ給ひけむ。されど事のつゞきに申し侍るになむ。猶あさましくおはしまし丶御宿世ぞかし。（135ページ）

「あさましく」とあるのは文脈からみて「すばらしい」の意である。「ぞかし」はその「猶あさましくおはしまし〻御宿世」を賛美し聞き手に訴えているのである。

（6）（内宴を）世にゆかしく見ばやと思ひはべりしかども、老のくち惜しき事は、心にもえ任せ侍らで、さる所どもにえ参りあはで見侍らざりき。この御中には、定めて御覧ぜさせ給ひけむかし。（145ページ　括弧内注記大木。以下同じ）

平治元年正月廿一日に内宴が催された。その具体的内容の一部を叙したあとにこの（6）の叙述が続く。自分は年老いているので残念ながら観ることができなかったが、自分の話（今鏡に叙す歴史の物語）を聞く皆様の中にはきっと此の内宴をご覧になった方もあるでしょうと述べて「定めて御覧ぜさせ給ひけむ」ことを聞き手に訴えている。そこには内宴の賛美とともに、この内宴を観た「御中」の幸運を讃える気持ちが「かし」に感じられる。

（7）寛弘九年に、内侍の督になり給ひて、後一条の院、位の御母、女御に参り給ふ。寛仁二年十月に后に立ち給ふ。長元九年に御髪剃させ給ふ。同じき九月に薨れさせ給ひにき。帝は四月に失せさせ給ひ、后は九月に薨れさせ給ひし、いと悲しかりし御事ぞかし。

（159ページ）

後一条院は四月に、后の威子は九月に亡くなった。寛弘九年に内侍になりその後、后に立ち髪を剃る。そして帝は四月に、威子は九月に相ついで亡くなる。そのことを「いと悲しかりし事」として聞き手に訴えているのである。帝や后の死を惜しみ悲しむ気持ちとその背景にある賛美の気持ちが強いことを「ぞかし」によって聞き手に訴えている。

（8）この大臣の御子、太郎にて右大将通房と申しゝ、十八にて失せさせ給ひにき。御母、右兵衛督憲定の娘なり。儲けの関白、一の人の太郎君にて、あへなくなり給ひにしかば、世もくれふたがりたるけしきなりしぞかし。齢もまだ廿にだにならせ給はぬに、和歌などをかしく詠ませ給ひけるさへ、いとあはれに思ひ出でられさせ給ふ。

（162ページ）

「儲けの関白」と期待されている通房、その人が若くして亡くなった。そのことを世の人々が心から惜しみ、暗雲に閉ざされた様子であった。そのことを「ぞかし」によって聞き手に訴えている。そのことを話す話し手の心情は（7）に通じよう。

（9）まめやかになりてのち、大殿宇治の大僧正四条の宮などは同じ御腹なれど、修理大夫は下﨟にてやみ給ひしぞかし。上達部にだにえなられざりける、なほ世のあがりたるにや、からくや思しけむとぞ覚え侍りし。（163〜164ページ）

修理大夫（俊綱）は、師実（大殿）、覚円（宇治の大僧正）、寛子（四条の宮）などと同腹であったが、はじめは橘の姓を名のり、後に藤原に変えられた。そのせいで上達部にもならず下﨟で終わった。そのことを「ぞかし」によって聞き手に訴えているのである。そうなったのは修理大夫の不徳のいたすところであると読むべきではないと思う。当時は今の世のような降った世とは違い、秩序が正しかったから当然のことであったと語り手は語っているように思う。修理大夫は「からく」（きびしいことだと）思ったことではあろうが当然のことだというのであろう。もしこのように読んでよいとすれば、修理大夫（俊綱）の処遇は当然のことであり当時の世の秩序が厳然としていたことを讃えているように解される。

（10）伏見にては時の歌詠みども集へて、和歌の会絶ゆるよなかりけり。伏見の会とて、いくらともなく積りてなむあなる。「音羽の山のけさは霞める」など詠まれたる、いと優に侍るかし。（166ページ）

右の（10）は、「『音羽の山のけさは霞める』など詠まれたる」を「いと優に侍る」と評し、それを「かし」によって聞き手に訴えているのであるから、「かし」には賛美の心情が込められていると解してよかろう。

（11）白河の院「一におもしろき所はいづこかある」と問はせ給ひければ、「一には石田こそ侍れ」「次には」と仰せられければ、「高陽の院ぞ候ふらむ」と申すに、「第三には鳥羽ありなむや」と仰せられければ、「鳥羽殿は君のかくしなさせ給ひたればこそ侍れ。地形眺望などいとなき所なり。第三には俊綱が伏見や候ふらむ」とぞ申されける。殊人ならば、いと申しにくきことなりかし。高陽の院にはあらで、平等院と申す人もあり。伏見には山道を造りて、然るべき折節には、旅人を仕立てて、通されければ、さる面白き事なかりけ

り。（167ページ）

白河院の問いかけに対する修理大夫の答は「申しにくきこと」であった。だが語り手は「かし」を使用して賛美の念を強めている。

(12)（媄子は）いつしか宮々生み奉りて、あへなく薨れさせ給ひにし、いと悲しく侍りしことぞかし。誠の御娘ならねども、いかに口惜しく思し召しけむ。秋の哀れいかばかりかは悲しく侍りし。（169ページ）

弘徽殿の中宮媄子が「あへなく」亡くなったことを「いと悲しく侍りしこと」とし、それを「ぞかし」によって聞き手に訴えている。後に、「いかに口惜し」と思う後朱雀院の心情を叙し、「秋の哀れいかばかりかは悲しく侍りし」という語り手の心情を併せ考えると、悲しみの心情とともに、媄子を惜しみ讃える心情もうかがえる。

(13) 鷹司殿（倫子）の御腹の第二の御子にては、大二条殿とておはしましゝ、関白太政大臣教通の大臣と申しき。御堂の公たちの御中には、第五郎にやおはしけむかし。さはあれども宇治殿のつぎに、関白もせさせ給ひ、第二の御子にてぞおはしましゝ。

（171〜172ページ）

「かし」は「第五郎にやおはしけむ」を強調し訴えているが、にもかかわらず宇治殿に次いで関白になったお方であると叙して教通を讃えている。したがってここでの「かし」は結局のところ教通賛美の役割を果たしていると解してよかろう。

(14)（師実が）御鞠御覧ぜさせ給ひけるに、（中略）信濃守行綱も心には劣らず思ひて、羨ましくねたく思ひけるに、大御足すまさせ給ひけるに、抓み奉るやうにたび〳〵しければ、「いかにかくは」と仰せられければ、「鞠も見しらぬはぎの」いひつゝ洗ひ参らするを、「行綱もよし」とかや仰せられける。御返りごとにと、さこそ〳〵と撫で奉りける。さるもとの猿楽なれども、もの骨なき衆には、さも申さじかしと覚えて。

（181ページ）

「さるもとの猿楽なれども、もの骨なき衆には」とは、そういうものは元からある滑稽であって、新奇なものではないが、無骨な手合には「さも申さじ」というのであるからこの「かし」は行綱を讃えていることになろう。

(15)（為忠が）親の入道の六条の院に後れ参らせて、まだ若くて、廿一とかにて、頭剃さすとて、志深かりければ、人の子になしたるかひありて、太郎に立ちたるなど聞えしぞかし。（190～191ページ）

文脈からわかるように、「ぞかし」は、為忠の志の深さ、「太郎に立ちたる」ことを聞き手に訴えている。賛美の心情を読み取ってよかろう。

(16) またいづれの御願とかの絵に、飯室の僧正たふとくおはすることかくとて、冷泉院の御太刀抜かせ給へるに、僧正にげ給へるあとに、とゞまれる三衣のもとにて、帝物怪うたせ給ひたるところの色紙形、「これはえかゝじ」とて、文字も書かれで、まだに侍なり。御手双びなく書き給へども、さやうの御用意ありがたきことぞかし。（198ページ）

冷泉院は「御手双びなく書き給」ふ方であったが「さやうの御用意」のあったことを「ぞかし」によって聞き手に訴えている。文脈からみてこれは帝を讃えるものである。

(17) 讃岐の帝の御時の中宮聖子と申すは、北の政所の生み奉り給へるぞかし。(中略) この女院、讃岐の帝位におはしまし、父の大臣も時の関白におはしましゝかば、宮の御方、大御遊び常にせさせ給ひ、をりをりにつけつゝ、昔思し召し出づることも、いかに多く侍らむ。(207ページ)

中宮聖子は大御遊びを「常に」催され、昔を思い出しているという。その方の誕生にかかわる事を「ぞかし」で聞き手に訴えている。そこには中宮聖子への賛美の姿勢が読み取れる。

(18) さばかりの惜しかるべき君たちの、その御歳のほどに、思ほしとり、行ひすまし給へりし、哀れなどいふも、こともよろしかりしことぞかし。(218ページ)

成信と重家が悟り切り仏道修行していることを、「哀れなどいふも、こともよろしかりしこと」と評し「ぞかし」によって聞き手に訴えている。これは明らかに賛美である。

(19) また飯室の入道中納言の御子、成房の中将の君も、親の中納言の同じ深き谷に居つゝ、室並べて、行ひ給ひしぞかし。（219ページ）

(19)は先の(18)と同じく「苔の衣」の章に叙されており「行ひ」に精を出す人物として賛美している。そこに「ぞかし」が使用されているのである。

(20) その御母こそ、歌詠みにおはせしか。祖父の名高き歌詠みなりしかばなるべし。いと優しくこそ、「月や昔のかたみなるらむ」など詠み給へるぞかし。撰集には、有教が母とて入り給へり。（227ページ）

藤原有教の母が歌人としてすぐれていることを叙したくだりであり、特に「月や昔のかたみなるらむ」の歌を「ぞかし」を使用して聞き手に訴えている。

(21)（右大臣頼家は）和歌の道、昔にも恥ぢずおはしき。（中略）御集にも優れたる歌多く聞え、撰集にもあまた入り給へり。（中略）なかにも恋の歌は、いたく人の口ずさみにもし侍る、多く見え給へり。「恋はうらなき」など詠み給へるぞかし。この御歌のさまは、めづらしき心を先にし給へるなるべし。（231～232ページ）

文脈からわかるように、右大臣頼家の、歌人としての優れていることを讃え、「恋はうらなき」の歌を讃えている。この歌が優れていることを「ぞかし」によって聞き手に訴えている。

(22) その左衛門の佐は、歌詠み詩製りにておはすと聞え侍りしか。さばかりの人の、五位にてやみ給ひしこそくちをしく。あまり優れて、人に似ぬことなどのけにやありけむ。「岩漏る清水いくむすびしつ」など詠み給へるぞかし。九十許までおはしき。七の翁にも入り給へりけるとぞ聞え侍りし。（238ページ）

文脈からは、左衛門の佐が韻事の面にすぐれ「七の翁にも」入っていることがわかる。「岩漏る清水いくむすびしつ」の歌も賛美を伴って引用され、「ぞかし」によって聞き手に訴えかけていることもわかる。

(23) (寛勝僧都が) 様々の阿弥陀仏を説きて、昔物語説き具しつゝ、「何事も、わが心より外の事物やはある。事の心を知らぬはいとかひなし。朝夕に外の宝を算ふるになむあるべき」など説き給ひしを、思ひかけず承りしとぞ、世々の罪も滅びぬらむかしと覚え侍りしか。(291ページ)

語り手は寛勝僧都の説法を思いがけず聞いたが「世々の罪も滅びぬらむ」と感じ入りそれを「かし」によって聞き手に訴えている。

(24) 寛治七年五月の五日の日、あやめの根合せさせ給ひて、歌合の題五つ、あやめ・ほととぎす・さみだれ・祝・恋なむ侍りける。細かには歌合の日記などに侍るらむ。判者は六条の大臣殿せさせ給へり。(中略) 二位大納言の宰相の中将におはせしにかはりて、孝善が「ひく手もたゆく長き根の」と詠み留め侍るぞかし。(294〜295ページ)

寛治七年五月五日のあやめの根合の折の歌合は、六条の大臣顕房を判者として盛大であった。その詳細は「歌合の日記など」にゆだね語り手は三首をここに載せる。そのうちの「ひく手もたゆく」という孝善の歌を叙し「ぞかし」によって聞き手に訴えている。文脈から見て孝善のこの歌を賛美しているとみてよかろう。

(25) この右の大臣かゝる伝へておはするのみにもあらず、家の事にて、胡飲酒舞ひ伝へ給ふ事も、いみじくその道得給ひて、心殊におはしける。(中略) 忠方・忠近などいひしも、まだいといはけなくて、習ひも伝へねば、太政の大臣の、忠方には教へ給へるぞかし。しかはあれども、この大臣殿ばかりはえ伝へざるべし。(305ページ)

舞の伝授のことを叙したくだりの一節であるが、太政大臣雅実が故あって忠方に伝えたことを「ぞかし」によって聞き手に訴えている。太政大臣のこの行為を賛美しているものと思われる。

(26) 治部大輔雅光と聞え給ひし歌詠みおはしき。人に知られたる歌多く詠み給へりし人ぞかし。「逢ふまでは思ひもよらず」また「身をうぢ川のはしぐに」など聞え侍るめり。
（313ページ）

文脈から見て、治部大輔雅光の韻事の才能を讃え、それを「ぞかし」によって聞き手に訴えている。

(27) 二条の帝の御時、近く侍ひ給ひて、督の君とか聞え給ひしは、事の外にときめき給ふと聞給ひしかは、(中略) かの御時、女御后、方々打ち続き多く聞え給ひしに、御心のはなにて、一時のみ、盛りすくなく聞えしに、これ(督の君)ぞ常磐に聞え給ひて、家をさへ作り賜はり、世にももてあつかふ程に聞え給ひて、帝の御悩にさへ、科負ひ給ひしぞかし。
（314ページ）

督の君は他の人々とは違い、ことのほかに帝の寵愛を受け、帝のご病気の折にも責任をもつほどであった。その様子は世の人々ももてあますほどであった。そういう督の君のことを讃え、「ぞかし」によって聞き手に訴えている。

（28）伊予の御とて侍りしも、中の院の大将の若くおはせし程に、ものなど宣ひて、後には山城とかいふ人に、ものいふと聞き給ひて、さきにも申し侍りつる「三年も待たで」といふ歌詠み給へりしぞかし。かやうに色好み給へる御たち、多くこそ聞え侍りしか。

（328ページ）

「かやうに色好み給へる御たち、多くこそ聞え侍りしか」とあるところからわかるように、伊予の御は「三年も待たで」の歌とともに讃えられている。そのことを「ぞかし」によって聞き手に訴えている。

（29）堀河の帝の内侍にて、周防といひし人の、家を放ちて外に渡るとて、柱に書きつけたりける、

住みわびて我さへ軒のしのぶ草しのぶかたぐしげき宿かな

と書きたる、その家は残りて、その歌も侍るなり。見たる人の語り侍りし、いと哀れにゆかしく。その家は、かみわたりにや、いづことかや、冷泉院堀河の西と北との隅なる所と

ぞ、人は申しゝ、おはしまして御覧すべき事ぞかし。まだ失せぬ折りに。（375〜376ページ）

周防の詠んだ歌「住みわびて」の歌をめぐって語り手は「いと哀れにゆかしく」と評し、これは一見に価すると叙して、そのことを「ぞかし」によって聞き手に訴えている。賛美の一例と見てよかろう。

以上、二十九例にわたって今鏡における「かし」の使用例を検討してきた。その結果、「かし」によって聞き手に訴える叙述内容が非難さるべきものであったり否定さるべきものと考えられるものは一例もない。（9）の例が修理大夫を非難しているかにも見えるがこの例は秩序ある当時の世、政治を讃えるものであると解してよいと思う。

なお、詠嘆の終助詞「を」「かは」「は」「かな」の使用例も調べておきたい（登場人物の発言・心中語のものは除く）。

（30）（白河院は）御心の敏くおはしまして、時ほどに思し定めけるは。（191ページ）

（31）かの宇佐の使に下られし兵衛の佐長輔は、在方と聞えし人の婿になりしが、志やなかりけむ、離れにしかばいと口惜しくて、なほ御気色にて、二度までとりよせたりしかども、え住み果てざりしかば、世に歌にさへうたひてありしを。院の御めのと子の帥の子なれども、二度まで床さりたるあやまりにや、国の司なりしをもとらせ給ひて、ふるさとの兄に、天の橋立もわたりにしは、かの在方平氏の婿になれりし、いとほしみの残れるなるべし。

（192ページ）

（32）近くおはしましゝ法性寺の大臣忠通は、富家の入道大臣の御子におはします。御母六条の右の大臣の御娘、仁和寺の御室と申しゝ一つ御はらからにおはしましゝかは。

（194ページ）

（33）奈良の僧覚信三井寺の大僧正覚忠この二人、男におはしまさば、今老い給へる上達部にておはすべきを。

（206ページ）

（34）いづれの年にか五節に蔵人の頭たちの舞ひ給はざりければ、殿上人たちはやみて、いかにぞや歌謡ひ給ひけるに、右兵衛督公行のまだ別当の兵佐などや申しけむ、その人を表におし立てゝ、成通の中将隠れて、謡ひ給ひけるを、頭の弁愁へ申されたりければ、その折こそ御かしこまりにてぞ、暫しはし籠り居給へりしかは。

（249ページ）

（35）（三位の中将は）御神楽の拍子もとり給ひ、今様も優れ給へるなるべし。籠り給へるも

あたらしく侍ることかな。（276ページ）

(36) 次の姫宮は、また前の斎院とて、恂子内親王と申しゝ、後には統子と改めさせ給ひたるとぞ聞えさせ給ひしは。（281ページ）

(37) 故中宮賢子の姫宮、（中略）いと心にくき宮のうちと聞き侍りしは。（296ページ）

(38) 二条の帝の御時、近く侍ひ給ひて、督の君とか聞え給ひしは、事の外にときめき給ふと聞え給ひしかは。（314ページ）

(39) かの仁和御門の宮覚行の利口にこそあれ、何事かは御望みもあらむな。（320ページ）

(40) 北の方は、ちかき歌詠みにおはして、いと優なる御中らひになむありけるに、余りほかにやおはしけむと聞えしは。（327ページ）

(41) かく今の世の事を申し続け侍る、いとかしこく、かたはらいたくも侍るべきかな。（343ページ）

(42) （実方の中将は）蔵人の頭にもなり給はで、陸奥守にぞなりて、かくれ給ひにしかば、この世まで、殿上のつきめの台盤据ゑたるをば、雀の登りて食ふ折などぞ侍るなる、実方の中将の頭になり給はぬ思ひ遣りておはすなると申すも、誠に侍らば、哀れに恥かしくも、末の世の人は侍るかな。（373〜374ページ）

（43）万葉集の長歌の中に、「鶯の卵のなかのほとゝぎす」などいひて、この事侍るなるを、
いと興ある事にも侍るかな。（379ページ）

以上十四例を示したが「非難」あるいは「否定」の方向のものは、（31）・（34）・（40）・（41）・（42）の合計五例であることがわかる。このことから、「かし」には、「非難」「否定」の方向のものがなく、いわゆる詠嘆の終助詞―「を」「かは」「は」「かな」―にはこの方向のものがあるということが注意される。今鏡は詠嘆の場合にはその対象が「非難」「否定」の方向のものにも使用するが、聞き手に訴える場合には「非難」「否定」の方向のものは対象にしないという叙述態度のあることがわかるのである。

それでは他の三つの鏡物では「かし」「ぞかし」の使用にこうした特徴が認められるであろうか。以下、「かし」「ぞかし」によって聞き手に訴えるに当たり「非難」「否定」の方向のものを対象としていると考えられる使用例を示すことにしたい。

*

大鏡における使用例を検討する（日本古典文学大系『大鏡』）。

（1）（この大将保忠は）冬はもちゐのいと大きなるをば一、ちひさきをば二をやきて、やき石のやうに御身にあてゝもちたまへりけるに、ぬるくなれば、ちゐさきをばひとつづゝ、おほきなるをばなかよりわりて、御車副になげとらせ給ける、あまりなる御用意なりかし。（76ページ）

（2）そのみかど（村上帝）の御子、小一条の大臣の御まごにて、しかしれたまへりける、いと〳〵あやしきことなりかし。（97ページ）

（3）（前略）おはします人の御事申、便なきことなりかし。（111ページ）

（4）（前略）御舅達の、たましひふかく、非道におとゝをばひきこしまうさせたてまつらせたまへるぞかし。（119ページ）

（5）悪霊の左大臣殿と申しつたへたる、いとこゝろうき御名なりかし。（155ページ）

水鏡は「ぞかし」の全用例が九例と少ないが、次の例は「非難」「否定」の方向のものである（『対校　水鏡下』桜楓社）。

（6）（他戸の親王は）御年などもいまだいとけなくおはしましてことし十二にぞなりたまひしかども、この后の御はらにておはせしかばあにたちをゝきたてまつりてこその正月に東宮にたち給しぞかし。（33～34ページ）

増鏡の例を見よう（日本古典文学大系『神皇正統記・増鏡』）。

（7）永治のむかし、鳥羽法皇、崇徳院の御心もゆかぬにおろし聞えて、近衛院をすへたてまつり給し時は、御門いみじうしぶらせ給て、その夜になるまで、勅使を度〳〵たてまつらせ給つゝ、内侍所・剣璽などをも渡しかねさせ給へりしぞかし。さてこの御憤りの末にてこそ、保元の乱もひき出で給へりしを、（257～258ページ）

（8）（仲泰の皇は生まれて五十日も経たないうちに皇太子となる）いま一しほ、世の中めでたく、定まりはてぬるさまなめり。新院は、いでやと思さるらんかし。（259ページ）

（9）東よりの使ひ、帰り来たる気色、しるけれど、ことさらに言ひ出ることもなし。いかならむと胸うちつぶれて思ゆるも、かつは心よはしかし。（471ページ）

（10）頼もしくめでたき御まもりかなとおぼゆるも、うちつけ目なるべし。世のならひ、時

につけて移る心なれば、みなさぞあるかし。（485ページ）

大鏡・水鏡・増鏡における、「非難」「否定」を感じさせる終助詞「かし」は以上に示したとおりであり、これら三鏡と今鏡とは「かし」の用法に異なる方向性のあることがわかる。

それでは、今鏡における「かし」は賛美する対象、愛惜の思いを抱かせる対象にのみ使用するという用法上の特色は、栄花物語にも見られないのであろうか。栄花物語における「非難」「否定」の「かし」の例を示そう（日本古典文学大系『栄花物語』）。

(11)常の御言草のやうにゆかしく思ひ聞えさせ給御有様を、女院はいと心苦しき御事に覚しめせど、さすがに若宮の御前の限参らせ給べきにはあらずかし。（上183ページ）

(12)おはしまさぬを口惜しき事に見奉りおぼしめすも、余りまである御心なりかし。（上311ページ）

(13)見る様どもおかしく見ゆ。またさらぬ人もありけんかし。（下474ページ）

(14)その年、裳瘡といふ事起りて、子ども・若き人など、いみじう病むに、春宮重く煩はせ給て、応徳二年十一月八日にうせ給ぬ。あさましくいみじう、近くは聞えぬ事なりかし。

(14) はあるいは哀惜ととれないこともないが否定的事態の発生が対象となっているとも考えられるので例示に及んだ。用例としては決して多くなく、今鏡のような方向性は見られない。

(下539ページ)

*

今鏡における「かし」「ぞかし」は賛美に価するもの、哀惜に価するものを対象とし、「非難」がましいもの、「否定」さるべきものは対象としないという特徴と、その独自性を証すべく、いわゆる歴史物語―栄花物語・大鏡・水鏡・増鏡―におけるものと比較を行った。

また今鏡における詠嘆の終助詞「を」「かは」「は」「かな」の用法との違いにも言及した。詠嘆の終助詞は「非難」「否定」の対象にも使用することを明らかにするとともに、「かし」とは違う用法であることも明らかにした。

他の歴史物語では「非難」「否定」さるべき対象を「かし」「ぞかし」を使用して聞き手に強く訴えることもするのであるが、今鏡は「かし」を使用して「非難」「否定」さるべき対象を訴えることはしていないということを指摘しておきたい。賛美・哀惜の対象はそれを強調することを惜しまないが、「非難」「否定」の対象は強調するにしのびなかったのではなかろうか。そのいうなればやさしい語りの姿勢に今鏡の叙述態度の一特色が見られると思うのである。

注

(1)「四鏡における語りの様態について―間投助詞「や」「な」「よ」及び終助詞「かし」を通して―」(『桜聞論叢』第67巻)。保坂弘司『『大鏡』における語法の位相」(『大鏡研究序説』講談社)もあるが小稿では小久保氏の論考を取り上げる。

(2)「「主のみとしてはをのれにはこよなくまさりたまへらむかし」考」(「平安文学研究」第72輯)

弁内侍日記の一表現
――形容語・会話文・妹との一体化――

弁内侍日記は既にその内容、注釈の面で詳しい見解が提出されている。また構成や表現の特色についても言及がなされている。例えば、岩佐美代子氏は新編日本古典文学全集『中世日記紀行集』において次のような見解を示している。

構成上の統一をはっきり意識して執筆した、後年の回想記と考えられる。（中略）後深草天皇とその宮廷生活のめでたさ楽しさを、明るいエピソードの積み重ねをもって記録した、ユニークな日記作品である。

また稲田利徳氏は新編日本古典文学全集『中世日記紀行集』において、

宮廷内の出来事を、散文と和歌一首でしめくくるという形式でほぼ貫かれている。明るく、張りのあるユーモラスなきびきびした文体で描いており、ショートにも似た新鮮な味がある。

という旨の見解を示している。また、こうした見解を個々の言語表現に即して論じたものもある。鈴木美保氏「『弁内侍日記』の形容詞について」(小久保崇明編『国語国文学論考』笠間書院)がそれである。

本項はこの鈴木氏の論考を言語表現の面から補強するとともに、私の小見をも加えようとするものである。

＊

この日記に多用されている「面白し」と「をかし」に着目して鈴木氏は、「「面白し」によって従来の形式的な宮廷賛美を表現し、「をかし」によって弁内侍個人としての心情から貴族たちの生き生きした宮廷生活を表現している」旨を指摘しているが、「面白し」という表現は単にこれ一語でなされているのではなく、「いと」「まことに」「といへばなかなかなり」といった表現を伴っているものも目にとまるのである。これらを四十年ほどのちの女房日記である中務内侍日記と比べてみると弁内侍日記の表現の一特色が浮かび上がる。

弁内侍日記の地の文・会話文・和歌に使用されている「面白し」の数を数えると、九十二例あることがわかる。これに対して中務内侍日記では三十五例にとどまる。日記の分量が弁内侍日記の方が多く、作品の全言語量が多いことを勘案しても弁内侍日記の使用数の多さは注意される。しかし弁内侍日記の特色はそれだけにとどまらない。「いと」「まことに」「といへばなかなかなり」という強調表現を伴うものの多さという点でも注意される。数えてみると、弁内侍日記には四十例、中務内侍日記には四例である。このことからわかるように、弁内侍日記は「面白し」のみならず「いと面白し」のたぐいのものを積極的に使用している作品であることがわかる。

なお「をかし」は、弁内侍日記三十五例、中務内侍日記十七例、「いと」のたぐいを伴うものは前者で六例、後者で二例である。「面白し」ほどの対照は見せていない。

＊

鈴木氏の取り上げた形容詞は「面白し」「をかし」のほかにもかなりの数にのぼる。それらのうち比較的使用数の多い十例以上のものを取り上げ両日記を比べてみよう（「面白し」「をかし」も示す）。

〈表1〉

弁内侍日記		中務内侍日記	
心情語	使用数	心情語	使用数
面白し	92	あはれなり	37
をかし	35	面白し	35
うつくし	12	をかし	17
ゆゆし（すばらしいの意）	12	かなし	17
あはれなり	11	はかなし	15
めでたし	11	めでたし	11
さやけし	10	めづらし	10

〈表1〉から、弁内侍日記では明るくしかも賛美的な表現が上位をしめていることがわかる。これに対して中務内侍日記では「かなし」「はかなし」が「面白し」「をかし」と並んで無視できない使用数を示していることが注意される。「あはれなり」は明るい心情とは言いがたいが、

中務内侍日記ではこの語が「面白し」以上に多く使用されていることも注意される。中務内侍日記に表れている心情は弁内侍日記よりも複雑であるとも評せよう。

＊

そこで、この心情表現の「単純」「複雑」という性格の一面を他の観点に立って明らかにしておこう。

そのために、心情語が一語ではなく複合して表現されているものを両作品において出現順に示し、比べてみたい。

弁内侍日記

ほのかに面白し／面白くめでたし／をかしく興あり／珍らしく面白し

中務内侍日記

音なく静かなり／あはれに物悲し／をかしく興あり／あかず恨めし／あさましくをかし／あはれに悲し／あはれも深く悲し／人もなくあはれげなり／あはれになつかし／優しくも面白し／面白くめでたし／物悲しく心細し／面白く忘れがたし／忘れがたく恋し／浅まし

うをかしげなり／はかなくあはれなり／恋しくも忘れがたし／はかなくもはかなし／のどかに面白し／あはれに悲し／恋しくもあはれなり／かたじけなくあはれ也／尊く面白し／ゆゆしくめでたし／のどかにめでたし／優しく面白し／珍らかに尊し／珍らしく面白し／めでたく嬉し／恐ろしながらをかし／珍らかに面白し／面白く優し／あはれにいとほし／あはれになつかし／面白くも嬉し／面白くめでたし

以上である。当該の心情表現の使用数を単純に合計すると、弁内侍日記四例、中務内侍日記三十六例である。複雑な心情の表現を積極的に活用しているのは弁内侍日記ではなく中務内侍日記のほうであるということがこの面からも指摘できよう。弁内侍日記は四例と少ないがいずれも「面白し」「をかし」を含み、明るくしかも賛美的心情で一貫している。これに対して中務内侍日記はその心情の表現のものもあるがそれに尽きるものではない。「あはれに物悲し」「あはれに悲し」「あはれも深く悲し」とか「はかなくあはれなり」などの心情語も使用されている。これらの心情語は作品の前半に多く見受けられるがそれは題材とかかわりがあろう。だが本項で指摘したいのは何と言っても当該心情語の使用数の多さである。「面白し」を強調的に表現して「いと面白し」と表現するものは比較的少なかったが複合語の一項として使用するという傾向は中務内侍日記のほうに見るべきものがあるのである。

＊

心情語の表すその心情が和歌を詠む動機となっているとみられる表現が両日記に見出せる。この項ではこうしたたぐいの表現について両日記を比べてみることにしたい。一つの具体例を示して私の検証したいことを明らかにしておこう。まずは弁内侍日記から見る。

八月晦日、女工所へ定まるべき内侍、朱雀門へ向ふべきにて侍りけるに、少将内侍いたはる事ありて、代官に立て侍りしに、風いと涼しく吹きて、御垣が原面白く侍りしかば、弁内侍、

大内や古き御垣に尋ね来て御代改まる今日にもあるかな

（弁内侍日記　第十章段　150ページ　傍線大木。以下同じ）

右においては「面白し」という心情が「大内や古き御垣に」という和歌を詠む動機となっているると考えられる。その因果の関係は「～なので」という意の接続助詞「ば」によって示して

いる。この因果の関係は当の「ば」のほかに接続詞「て」「に」「を」によって示している場合もある。また、「面白く侍り」で文を切って示している場合もある。また「面白く侍り」の部分は別の心情語によるものもある。「面白し」という心情を抱いた場合にはそれで一文を終えるという場合もあるが、和歌と因果の関係にある場合は「面白し」の心情が和歌の製作を促すものとして働いているのであるから「面白し」で文を切るものよりも心情の果たす役割は射程が広いと考えられる。もしそういう心情語が中務内侍日記より多くて多様であるとすれば、そのことをもって当の弁内侍日記の特色とすることができよう。

右のような観点に立って両日記に使われている心情語並びに接続詞を比べてみよう。

まず接続詞に着目する。先に心情語と和歌は接続助詞「ば」「て」「に」「を」によるものと、接続助詞、接続詞は使用せず文と文とをつなぐ形によるものとがあると述べたが、その三種別使用数を示すと次のようになる。因果関係の表示法をそれぞれ「ば」「て」（ここに「に」「を」も含める）「。」とする。「に」「を」を「ば」に含めずに「て」に含めたのは、その論理性において「ば」よりも「て」に近いと一応判断したからである。

以上の考えに従って、接続助詞とその使用数を表示すると次の〈表2〉を得る。

〈表2〉

	ば	て（にを）	。
弁内侍日記	15	52	8
中務内侍日記	2	14	20

右の〈表2〉から、弁内侍日記のほうが論理的関連づけを好んでいることが知られる。作者の抱いた心情を動機として和歌が詠まれるといった場合に、弁内侍日記はその両者を論理的に関係づけるのを好んでいるのである。稲田利徳氏は「明るく、張りのあるユーモラスなきびきびした文体」という指摘をしているが、「ば」の比較的な多用はこうした文体を生み出す一要因となっているように思われる。

「て（にを）」と「。」の使用数を比べると両日記の違いを知ることができる。中務内侍日記においては「。」の使用の割合が比較的高いことが注意される。心情表現と和歌とを接続助詞を使用して関係づけようとするよりは、文と和歌とを関係づけようとする表現を好んでいるようである。この後者の表現の仕方のほうが情意的でいわば切れが深いがそうしたことを好むのは中務内侍日記のほうである。先の接続助詞「ば」との比較において述べたことは「て（にを）」

「。」の使用にもうかがえる傾向であるとみてよいのではなかろうか。

次に心情を表す意味に着目して両日記を比べてみよう。

弁内侍日記のほうが宮廷生活を明るく賛美する傾向が強いということ、それをうらづける表現として「面白し」「をかし」が多用されているということを先に述べたが、当該の表現―接続助詞「ば」「て（にを）」に上接する心情語による表現並びに和歌の前の文に使用されている心情語による表現―にもこの多用の傾向をうかがうことができるのである。

弁内侍日記には「面白し」「をかし」のほかに次のような心情語がある。

めでたし／珍らかなり／さやかなり／やさし／いみじ／限りなし／尊し／美くし／こよなし

七十二例のうち当該のものは六十例を数える。

一方、中務内侍日記ではこのたぐいのものが三十六例のうち当該のものは十五例である。明るく賛美する心情語の使用を好むのは弁内侍日記のほうであることがこの面からもうかがえる。

それでは「面白し」「をかし」などの明るい心情語に「いと」「まことに」などの強調の意の

修飾語がついているものはどうか。このたぐいのものは弁内侍日記では十七例、中務内侍日記では四例である。この使用数の違いも両日記の、これまでに示した傾向の違いと一致する。

もう一つ、複合語による心情表現をみておこう。この表現の使用の多い作品はすでに述べたように中務内侍日記である。そこで両日記を調べてみると、弁内侍日記では「あはれに限りなし」一例、「あはれにいみじ」が一例、合計二例である。これに対して中務内侍日記では「あはれに物悲し」一例、「物悲しく心細し」一例、「悲しくうたてし」一例、「のどかにめでたし」一例、「嬉しくありがたし」一例、「面白くめでたし」一例の合計六例である。両日記とも使用数が少ないので積極的な証とはしがたいが、先述の複合語使用に関する小見にもとるものではない。

＊

視点を変えて両日記における会話文に着目してみたい。宮廷生活を題材にした作品においてはその中に会話文が多いものほど人々の活発な交流の姿を反映することになると思う。だとすると、会話文の数、会話文の中に使用されている終助詞や係助詞などの多寡などが活発の度合いを計る目安となると思われるのである。

そこで弁内侍日記における会話文の使用数を調べてみると二百二十六例の多きを数える。これに対して中務内侍日記を調べてみると五十九例である。この使用数の違いは両日記の叙述態度の違い――人々の活発な交流を取り入れる態度の違い――を反映するものであろう。

また、活発さの度合いを計る表現の一つとして終助詞の使用の多寡ということも考えられるのは、終助詞は自分の心情の強さを表明したり相手に強く訴えかけたりするものであるからである。これを会話文中の例で見ると、

弁内侍日記――二十七例
中務内侍日記―五例

これらの内訳を示すと、前者は「よ」（十例）、「かな」（七例）、「ばや」（六例）、「ぞかし」（二例）、「かし」（二例）である。後者は「かな」（一例）、「な」（一例）、「ばや」（一例）、「を」（一例）、「よな」（一例）であった。

次に会話文中の係助詞（ぞ・こそ・なむ）の使用数を調べてみよう。

弁内侍日記――四十六例
中務内侍日記―五例

これらの内訳を示すと、前者は「ぞ」(十一例)、「こそ」(三十五例)、「なむ」(なし)である。「こそ」の使用数の多いことが注意される。後者は「ぞ」(一例)、「こそ」(二例)、「なむ」(二例)である。

中務内侍日記と比べても、弁内侍日記の会話文中の「こそ」使用の多さは注意してよい。会話が和歌を詠む動機となっているという表現の在りようにも違いが見出せる。これは使用数だけの掲示にとどめる。

弁内侍日記――六十三例
中務内侍日記―十四例

＊

これまでに述べてきたことの多くは鈴木美保氏の指摘した諸徴証を私なりにいくつか補強す

るものであるが、この項では小稿の副題に示したところの「妹との一体化」ということをめぐって考えてみたい。

弁内侍日記には和歌が多いが、その多くが作者である弁内侍その人の歌である。他の人物の和歌は作者の妹の少将内侍のものと他の何人かのものに限られている。

先に、和歌とその製作動機の関係の表現に着目したが、製作動機の表現における心情語の表現の仕方に着目してみると興味ある事実に気付くのである。作者が自分の心中を顧みて「面白く侍れば」「面白くて」と表現するのはごく自然のことである。しかしこの表現を他人に及ぼして「(少将内侍は)面白くて」あるいは、「(太政大臣は)面白くて」と表現したのでは不自然である。作り物語ならばこうした表現は異とするに当たらないが、作者が自らのことを記す日記においては不自然である。日記にあっては作者は自分の心中をそれと定め表現することができるが、他人の心の中に入りその心情を「(少将内侍は)面白くて」のように断定して表現することはできないはずである。他人の心情は断定はできず推し量る以外にはないからである。

しかし弁内侍日記には、あろうはずのない「少将内侍面白くて」というたぐいの表現がいくつかあることに気づくのである。このたぐいの表現が「太政大臣」などその他の人物には一例もないということも当然のことながら確認できるのである。そこでまずは「少将内侍面白くて」

のたぐいの表現及び少将内侍以外の人物にはこのたぐいの表現がないことを確かめておこう
（［八］［一八］などとあるのは章段の段数を示す）。

（1）灯火の影かすかなるも面白くて、少将内侍、
　灯火の影もはづかし天の川雨もよにとや渡りかぬらむ　［八］
（2）月の冴えたる雪の上は限りなく面白くて、少将内侍、
　いつの世も忘れやはせん白雪のふるき御垣に澄める月影　［一八］
（3）と泣くやうに言ふも、いとほしくて、少将内侍、
　身に負へばさぞ思ふらん竹の子の手を放つ世の心迷ひに　［一八］
（4）衛士ども、上に登りて雪掻く音も、面白く耳にとまる心地して、少将内侍、
　あばらなる板屋の軒の白雪のかくばかりなど降り積るらん　［一八］
（5）「すべて震はれて物も言はればこそ」とありし、をかしくて、少将内侍、
　言の葉も思ふにさこそ無かるらめ吹きと吹く風の気色に　［一八］
（6）度々責められしも堪へがたくて、少将内侍、
　しばし待て打垂れ髪の挿櫛をさし忘れたる時の間ばかり　［二一］

（7）さし向ひて出でたるやうに見ゆる、いと面白くて、少将内侍、

青柳の糸はよるとも見えぬかな木陰曇らぬ月の光に　［一〇九］

（8）かやうの事、よそに聞き侍りし、口惜しくて、少将内侍、

ことの音に通はぬものは心なりうらやましきは峰の松風　［一四二］

弁内侍の詠んだ和歌の製作の動機として「面白くて」「をかしくて」などの心情語が断定する形で叙されることは例示には及ぶまいが、弁内侍と妹の少将内侍以外の人々にはこのたぐいの表現を和歌製作の動機として使用することはない。その人々としては、太政大臣・宰相中将・中宮大夫・大納言・権大納言・寂西・四条大納言・冷泉大納言・万里小路大納言・中将・院・御所・あるじの入道を数える。

弁内侍の場合、妹の少将内侍の場合、この二人以外の人々の場合を右のように見てくると、妹の少将内侍の場合が注意されてくる。蜻蛉日記や更級日記などを調べてみても作者自身の心情を断定的に表現することはあるが他の人物にこのたぐいの表現を使用する例は見られない。先に述べたように、作者は他人の心中は推し量るしかなく、断定してそれを表現することはできないからである。

このように考えてくると、弁内侍日記は日記ではなく作り物語であるということになりかねないが、この考えには問題がある。それは、太政大臣・宰相中将・冷泉大納言などには少将内侍に使用している当該の心情表現は一つも使用していないからである。作り物語であるならば、これほど多い登場人物のうちのだれかに当該の心情表現の使用が見られてよいはずである。この点から見れば、弁内侍日記は日記と認められ、少将内侍の場合にのみ何か特別な認識が作者にあったと見るべきであろう。

私はそれを、作者弁内侍と妹の少将内侍との一体化という作者の認識に求めたいと思う。自分と妹とは身も心も一つであり妹の心のうちは自分の心のうちと同一であると弁内侍は考えていたからこそ、先掲の（1）～（8）の表現がこの日記に叙され、長く記録にとどめられることになったのだと思う。

この認識もまた、他の日記には見られないという点において、弁内侍日記は記憶にとどめてよい作品であると考えられるのである。

好色五人女の一表現
――敬語の一用法――

井原西鶴作の浮世草子、好色五人女は既に作品論などいろいろな観点から論じられているが、敬語の使い方に焦点を絞って論じたものは少ない。同一場面での同一人物に関する敬語表現の乱れに着目したもの（堀章男氏「西鶴の敬語表現についての一試論―「好色五人女」を対象として」「近世文芸稿」3号）、近松との比較から、その文章が文章語としての伝統を引いたものであるとするもの（坂梨隆三氏「敬語の運用に注目して古典を解釈する　近松と西鶴―『好色五人女』と『大経師昔歴』」「国文学」39巻10号）、地の文における尊敬語の使用数や集中的使用に着目し西鶴の表現手法の特色を見出そうとするもの（市毛舞子氏『好色五人女』文体試論―敬語・人称名詞に注目して―」「大妻国文」38）があるくらいである。

本項は主に市毛氏の論考を取り上げるが、地の文における尊敬語だけでなく、謙譲語や尊敬語の使用の無いものをも視野に入れること、作品の展開に即して使用上の変化を見ようとすること、この二点に特に意を用いていることにおいてやや観点を異にする。

＊

最初に巻三「中段に見る暦屋物語」の二「してやられた枕の夢」を取り上げる。ここでは地の文においておさんへの尊敬語使用が多くしかも同一場面に集中する。この点については市毛氏に指摘があり意味づけもなされている。「全巻全章を通じて使用頻度が最も高い章である巻三の二は、大経師の妻であるおさんへの敬語使用が多く見られるのは、由緒正しい大経師家の妻が密通を犯してしまうという大事な場面が描かれる本章を読者に印象付けるためであったと考えられる。」旨を指摘する。この指摘は妥当であるが、おさんに謙譲語「申す」が使われていることにも論及する必要があると思う。

必要なあらすじをたどってこの問題を考えてみたい（日本古典文学大系『西鶴集上』）。

大経師が登場し次いで大経師夫妻が登場する。そのはじめの場面では大経師に「年久しくやもめ住せられける」と尊敬語を使っているが、後の場面では両人無敬語である。そして夫の留守をあずかるおさんが手代の茂右衛門と密通してしまう場面へと移る。そこには茂右衛門のほかに、りんや下々の女が登場するがおさん一人だけに尊敬語が使われる。密通を犯してしまったおさんは茂右衛門に「死手の旅路の道づれ」になるように言い聞かせるがそこでは「申きかせければ」とおさんの行為に謙譲語が使われている。市毛氏はおさんへの尊敬語の集中的使用に着目しているが、そのように待遇されたおさんが謙譲語をもって待遇されるに至ることにも着目すべきであると思う。併せて無敬語にも着目したい。

其後、おさんはおのづから夢覚て、おどろかれしかば、枕はづれてしどけなく、帯はほどけて手元になく、鼻紙のわけもなき事に心はづかしく成て、「よもや此事人のしれざる事あらじ。此うへは身をすて、命かぎりに名を立、茂右衛門と死手の旅路の道づれ」と、なをやめがたく、心底申きかせければ、茂右衛門おもひの外なるおもはく違ひ、のりかゝつたる馬はあれど、君をおもへば夜毎にかよひ、人のとがめもかへりみず、外なる事に身をやつしけるは、追付生死の二つ物掛、是ぞあぶなし。

（269〜270ページ　傍線大木。以下同じ）

茂右衛門に言い寄られて難儀をしている下女のりんを助けようとしている主人を西鶴は「おさん様」と待遇したが、密通を犯してしまった時点ではおさんに敬語はない（市毛氏は「おどろかれしかば」を尊敬語とみているがいわゆる自発の助動詞とみたほうがよい)。だが、「おさん」「覚て」「おどろかれしかば」「成て」と無敬語であったものが「申きかせければ」では謙譲語をもって待遇している。密通を犯してしまったおさんはそれ以後は無敬語扱いであろうとの予想もできるが、謙譲語をもって待遇される状況へと変化したのである。この謙譲語使用は、主人のおさんが手代の茂右衛門にへりくだって接していることを示すものでありいわば身分逆転の状況が生じたことを物語るものである。

尊敬語の集中的使用ということに着目すれば市毛氏の見解のように、密通の場面を読者に印象づけるのに有効ということになるが、おさんへの「申す」使用にまで範囲を拡げてみると、更なる状況変化の示唆に敬語が寄与していることが知られるのである。

＊

次に巻五「恋の山源五兵衛物語」の二「もろきは命の鳥さし」を見よう。ここにも尊敬語の集中的使用がみられ、市毛氏にその指摘と見解がなされている。「本章において若衆に対し敬語が多く使用されているのは、「稚児物語」の雰囲気を漂わせつつ、源五兵衛と若衆のしめやかな一夜を効果的に描こうとする作者の狙いがあるためではないかと考えられる。」「源五兵衛と若衆の悲劇的な恋を効果的に描いたのではないかと思われる。」とする。この見解も妥当であるがこの場面には無敬語のものもある。私はそのことをも考え併せるべきだと思う。源五兵衛は愛する八十郎を亡くし出家となって高野山へ向かうが、その道すがら亡くなった八十郎と同じ年恰好の若衆に会う。若衆に小鳥を捕ってやった縁で若衆の館で一泊する。若衆が自分の館へ源五兵衛を誘い、一夜を共にし語らうくだりを本文に即してみていこう。

夜に入れば、しめやかに語慰み、いつとなく契て、千夜とも心をつくしぬ。明れば別をおしみ給ひ、「高野のおぼしめし立、かならず下向の折ふしは、又も」と約束ふかくして、互に泪くらべて、人しれず其屋形を立のき、里人たづねけるに、（310ページ）

「夜に入れば、しめやかに語慰み、いつとなく契て、千夜とも心をつくしぬ。」とあるのは二人のしめやかな夜の叙述である。ここには敬語が使われておらず無敬語である。続く「明れば別をおしみ給ひ」には尊敬語の使用をみるが、「約束ふかくして」「泪くらべて」は無敬語である。なお、会話文は除外する。無敬語は二人が身も心も一つになっていることと対応し「給ふ」の使用はやや改まった状況と対応しているかに思われる。亡き八十郎との語らいでは八十郎からの言葉に「あたら夜を夢にはなし給ふ」「我に語給」と源五兵衛に対して尊敬語が使われていることと併せて考えると、二人の無敬語の状況は改まりの態度のより薄い、恋の語らいのような状況を彷彿とさせる。尊敬語の使用と無敬語であることの組み合わせは絶妙である。

＊

巻四「恋草からげし八百屋物語」に目を転じよう。一の「大節季はおもひの闇」における、お七と吉三郎の初対面の場面には尊敬語が集中し会話内の敬語も含めると敬語の集中が著しい。このことも市毛氏によって指摘されている。その理由づけも「巻四の一に見られる吉三郎とお七の母親への敬語使用は、お七を八百屋の娘といえ俗姓いやしからぬ出自を強調し、吉三郎との出会いの場面を読者に優雅なものとして印象づける。西鶴の表現手法の工夫の一つだったと思われる。」とあって妥当である。だがこれはこの場面に限っての見解であり、私としてはこの巻の他の場面との関連づけも必要なのではないかと思う。吉三郎とお七の母親については五の「様子あつての俄坊主」と、お七と吉三郎については三の「雪の夜の情宿」との関連が考えられてよいのではないか。

前者から考えたいが、まず必要な本文を引用する。

（1）やごとなき若衆の銀の毛貫片手に、左の人さし指に有かなきかのとげの立けるも心にかゝると、暮方の障子をひらき、身をなやみおはしけるを、母人見かね給ひ、「ぬきまいらせん」と、その毛貫を取て暫なやみ給へども、老眼のさだかならず、見付る事かたくて、気毒なる有さま、お七見しより、我なら目時の目にてぬかん物をと思ひながら、近寄かねてたゝずむうちに、母人よび給ひて、「是をぬきてまいらせよ」とのよしうれし。彼御手をとりて、難儀をたすけ申けるに、此若衆我をわすれて、自が手をいたくしめさせ給を、はなれがたかれども、母の見給ふをうたてく、是非もなく立別れさまに、覚て毛貫をとりて帰り、又返しにと跡をしたひ、其手を握かへせば、是よりたがひの思ひとはなりける。（284〜285ページ）

ここで吉三郎とお七の母親とは初対面であるが、その後両人は対面することがあるのだろうか。対面するとすればどのような場面においてなのであろうか。こうした観点に立ってこの巻四を読みすすめていくと、両人が次に対面するのは五の「様子あつての俄坊主」における、お七の百か日の場面であることがわかる。少し長くなるが必要な本文を引用する。

（2）其後長老へ角と申せば、おどろかせ給ひて、「其身は念比に契約の人わりなく愚僧をたのまれ預りおきしに、其人今は松前に罷て、此秋の比は必爰にまかるのよし、くれ〲此程も申越れしに、それよりうちに申事もあらば、さしあたつての迷惑我ぞかし。兄分かへられてのうへは、其身はいかやうともなりぬべき事こそあれ」と、色々異見あそばしければ、日比の御恩思ひ合せて、「何か仰はもれじ」とお請申あげしに、なお心もとなく覚しめされて、は物を取てあまたの番を添られしに、是非なくつねなるへやに入て、人々に語しは、「さても〱わが身ながら世上のそしりも無念なり。いまだ若衆を立し身のよしなき人のうき情にもだしがたくて、剰其人の難儀、此身のかなしさ、衆道の神も仏も我を見捨給ひし」と感涙を流し、「殊更兄分の人帰られての首尾、身の立べきにあらず、それより内に最後急たし。され共舌喰切、首しめるなど世の聞へも手ぬるし。情に一腰かし給へ。なにながらへて申斐なし」と、泪にかたるにぞ、座中袖をしぼりてふかく哀みける。此事お七親より聞つけて、「御歎尤とは存ながら、最後時分くれ〲申置けるは、吉三良殿、まことの情ならば、うき世捨させ給ひ、いかなる出家にもなり給ひて、かくなり行跡をとはせ給ひなば、いかばかり忘れ置まじき。二世迄の縁は朽まじと申置し」と、様々申せ共、中々吉三良聞分ず、いよ〳〵思ひ極て舌喰切色めの時、母親耳ちかく寄て、しばし小語申されしは、何事にか有哉らん。吉三良うなづきて、「兎も角も」といへり。其後兄分の人も立かへり、至極の異見申尽て、出家と成ぬ。（中略）お七最後よりはなを哀なり。古今の美僧是をおしまぬはなし。惣じて恋の出家、まことあり。吉三良兄分なる人も古里松前にかへり、墨染の袖とはなりけるとや。さても〳〵取集たる恋や、哀や。無常也、夢なり、現なり。（299〜301ページ）

読まれるように（2）の終わり近くに至って吉三郎とお七の母親が対面する。両人の対面という点で（1）と共通するが、地の文における母親の待遇の仕方が同じでないことに注意したい。（1）では敬語は尊敬語だけの使用であったが（2）においては謙譲語「申す」と尊敬語「れ」が使われているのである。これは（2）においては（1）と異なり、母親が吉三郎にへりくだった態度で接していることを物語る。（1）においてお七と吉三郎は恋に落ちるが、お七はやがて処刑され吉三郎は自害を望むに至る。そうした状況の変化が母親の態度に変化をもたらすであろうことは予想されるが、そのことを当該の謙譲語「申す」の使用が端的に示していると思う。母親は吉三郎の耳近くに寄って「小語申され」たのであるがそのことが吉三郎に自害を翻えさせ、出家の決意をさせる。その内容を母親は直接語っていないが文脈から見て「惣じて恋の出家、まことあり」という趣旨のものであろう。この場面には長老や僧たち、お七の両親が吉三郎と対するが、吉三郎に出家の決意をさせ得たのはお七の母親だけである。その見識の高い母親がへりくだって対応した旨を叙述していることに注意したい。

お七の母親をこのような人物として理解してよいとすれば（1）において尊敬語をもって待遇していることはうなずける。（1）は市毛氏などによって「優雅」と評されているが（2）から推すと、「見識の高さ」ということもかかわっていることが読み取れよう。

だがこのように解すると困ることが生ずる。お七の母親がこうした人物であるとすればその行動はすべて尊敬語をともなってしかるべきかとも思われるがただ一例ながら「油断のならぬ世の中に、（中略）娘のきはに捨坊主と、御寺を立帰りて、其後はきびしく改て恋をさきける。」（291ページ）とあるのである。ここではお七の母親に対し無敬語である。「恋をさきける」という行動だからこう待遇したのでもあろうか。

＊

後者について考えたい。（1）に引用した一「大節季はおもひの闇」においてお七がとげを抜く様子を「たすけ申ける」と謙譲語「申す」をもって待遇しているが、この待遇が三の「雪の夜の情宿」においてもなされている。そのことをどう解するかという問題である。

（1）においてお七と吉三郎は恋に落ちた。「彼御手をとりて、難儀をたすけ申けるに、此若衆我をわすれて、自が手をいたくしめさせ給を」あたりではお七に謙譲語、吉三郎に尊敬語が使われているが、「是非もなく立別れさまに、覚て毛貫をとりて帰り、又返しにと跡をしたひ、其手を握かへせば、是よりたがひの思ひとはなりける。」ではともに敬語がなくなる。両人は恋に落ちたのだからこの後はすべて無敬語になると読者は予想しもするが、三に二度だけお七に謙譲語が使われる。そのことを問題にしてみたい。

（3）是はとこゝろをとめしに、吉三良殿なり。人のきくをかまはず、「こりや何としてかゝる御すがたぞ」と、しがみ付てなげきぬ。吉三良もおもてみあはせ、物ゑいはざる事しばらくありて、「我かくすがたをかへて、せめては君をかりそめに見る事ねがひ、宵の憂思ひおぼしめしやられよ」と、はじめよりの事共を、つどくにかたりければ、「兎角は是へ御入有て、其御うらみも聞まいらせん」と、手を引まいらすれども、宵よりの身のいたみ、是非もなく哀なり。やうく下女と手をくみて車にかきのせて、つねの寝間に入まいらせて、手のつゞくほどはさすりて、幾薬をあたへ、すこし笑ひ顔うれしく、「盃事して、今宵は心に有程をかたりつくしなん」とよろこぶ所へ、親父かへらせ給ふにぞ、かさねて憂めにあひぬ。（294〜295ページ）

読まれるようにお七と吉三郎が相対する場面である。地の文において吉三郎には無敬語であるがお七には「引まいらすれども」「入まいらせて」と謙譲の表現がなされているのである。無敬語はお七の行動のすべてにというわけではないのである。したがってこの使用法は不統一であるかに思われもするが必ずしもそうではなかろう。敬語無使用のものと謙譲語使用のものとを叙述の順に追ってみると、「とめしに」「かまはず」「しがみ付てなげきぬ」と、ここまでは無敬語であるが続く「引まいらすれど」「入まいらせて」では謙譲語である。だが続く「さすりて」「あたへ」「よろこぶ」では再び無敬語となる。これは大まかに見て、吉三郎に会えたうれしさから、吉三郎への気づかい、回復への気ざしと回復のよろこびへというお七の気持ちの変化と対応していると読めよう。

このように解してよいとすれば、（1）における謙譲語の使い方とは異なる（3）の使い方のあることが指摘できよう。

＊

地の文における敬語が同一人物であっても状況に応じて使い分けられ、それが相応の表現効果をもたらすことは言うまでもない。そうしたことを具体的に指摘できる作品も多いが好色五人女の巻々にもいくつか具体例を見出すことができた。少ない例ではあるが、尊敬語・謙譲語・無敬語の巧みな使い分けはこの短編集に生彩を与えているように思われる。なお、堀章男氏の先掲の論考も「生彩」を具体的に指摘したものの一つであることを申し添える。

森鷗外『佐橋甚五郎』の一表現

森鷗外の歴史小説の第三作目にあたる『佐橋甚五郎』については、作品論をはじめとして多くの論考が発表されている。だが作品中に使用されている「逐電する」という用語についての使用法をめぐっての詳しい検討はまだなされていないように思われる。本項はそのことについて、「立ち退く」や「退出する」などの使用法との比較によって検討してみたいと思う。

＊

あらかじめ小見を要約しておく。「逐電する」という用語はこの作品にただ一例使用されている。それは家康の発言において使用されているのである。同様に退くという意味をもつものとして「立ち退く」が使用されているがこれは二例、地の文で使用されている。「退出する」「行方が知れなくなる」も使用されているのでこれらを比較してみるとこれらの使用法は佐橋甚五郎という人物の造型に有効なものとなっていることが知られる。

＊

須田喜代次氏は「鷗外「佐橋甚五郎」論」（「日本近代文学」27号）において、「〝普請中〟の日本的近代のまっただ中にとどまった鷗外は、その寂しい認識の裏がえしとして、この主体的な行為者、「奇人」佐橋甚五郎という人物の発揮した意地を作り定着したのではなかったろうか。」と述べている。氏はこの「奇」の意味を説明したあと、甚五郎について「彼（＝甚五郎）は自己の〝私〟を重んじ、主体的に生を選択し、自己を束縛する手を払いのけて、自由に自分の運命を自らの手で切り開いていった男なのである。」と述べているが、この「男」の人物造型に寄与する表現の一つとして、「逐電する」「立ち退く」などが有効に働いていると考えられる。「逐電する」からその用法を具体的に見ていこう（日本現代文學全集『森鷗外集』講談社）。

（1）家康は宗を冷かに一目見たきりで、目を転じて座を見渡した。

「誰も覚えてはをらぬか。わしは六十六になるがまだめつたに目くらがしは食わぬ。あれは天正十一年に濱松を逐電した時二十三歳であつたから、今年は四十七歳になつてをる。

太い奴、好うも朝鮮人になりすましをつた。あれは佐橋甚五郎ぢやぞ」

（196ページ　傍線大木。以下同じ）

慶長十二年四月、朝鮮からの使の一行が日本に来る。彼らは江戸で将軍に謁見した後、家康の居る駿府にも表敬の訪問を行った。その折家康に拝したのは三人の使と三人の上々官であった。その上々官の三人目の人物に家康は目を止め、（1）の会話をものしたのであった。

家康は「太い奴、好うも朝鮮人になりすましをつた」と言っていることから考えると、家康は甚五郎に対して好意をもっていないと見てよいであろう。その口吻からはむしろ憎しみを抱いていると見てよい。このように解せば、この文脈に使用されている「逐電する」という用語は、単にその場を立ち退いた、立ち去ったという意味ではなく、相手のことなど無視して一方的に姿をくらましたという意味において使用されていると考えられる。家康は甚五郎のとった態度を快く思っていないのである。

それでは次の（2）はどうか。

（2）天正十一年に濱松を立ち退いた甚五郎が、果たして慶長十二年に朝鮮から喬僉知と名

告つて来たか。それともさう見えたのは家康の僻目であつたか。確かな事は誰にも分からなんだ。（199ページ）

右の（2）は文脈からわかるように、作者である鷗外が先の（1）を作者の視点から説明したものである。そこには「立ち退いた」という用語が使用されているが作者は甚五郎の行動に評価を加えずに叙したものである。家康は甚五郎の行動を憎しみを込めて「逐電した」と述べているが（2）における作者にはそうした評価の姿勢は認められない。

（2）のくだりについてもう少し説明を加え小見を述べておこう。天正十一年、家康の命で羽柴家へ祝いに趣くことになったが、その折家康は「心の利いた若い者」を伴に連れて行くよう命ずる。そこで使い役の石川は甚五郎を推挙した。ところが家康は「あれは手放しては使ひたう無い。此頃身方に附いた甲州方の者に聞けば、甘利はあれを我が子のやうに可哀がつてをつたげな。それにむごい奴が寝首を掻きをつた。」と言って不服であった。甚五郎はこの家康の言葉を「お居間の次」で聞いていて家康言うところの「逐電」を決行したのである。甚五郎が「濱松」を退いた理由がそのようであったとすれば、作者も「逐電した」と叙すこともできたかもしれない。家康の言葉を聞けば誰でもが冷静ではいられなかったように思われる。思わず座を蹴って姿をくらますといった行動に出る向きも多いのではなかろうか。そうだとすれば（2）において「濱松を逐電した甚五郎が」と叙すこともできたように思われる。しかし作者は「立ち退いた」と叙して甚五郎があくまでも冷静に行動したとしているのである。ここに、家康とは異なる評価を与えている鷗外の態度が鮮明にうかがえよう。

＊

作者が（2）において示した態度は次の（3）にもうかがえる。

（3）甚五郎は此詞を聞いて、ふんと鼻から息を漏らして軽く頷いた。そしてつと座を起って退出したが、兼ねて同居してゐた源太夫の邸へも立ち寄らずにそれきり行方が知れなくなつた。（199ページ）

右の（3）は、先の（2）における、天正十一年の羽柴家への祝の使いの折の家康の会話に続く叙述である。この（3）における「退出した」「行方が知れなくなった」は先の（2）における「立ち退いた」と同じ叙述態度によって甚五郎の行動を叙していると考えてよいであろう。

さて、この作品には「立ち退く」という用語がもう一回使用されている。

（4）平生何事か言ひ出すと跡へ引かぬ甚五郎は、とうとう蜂谷の大小を取つて、自分の大小を代りに残して立ち退いたと云ふのである。（198ページ）

右の（4）は、甚五郎の従兄佐橋源太夫が濱松の家康の館に出頭して甚五郎の助命を嘆願した際のものである。甚五郎は、傍輩たちと鷺が撃てるかどうか賭をし、衆議が「所詮打てぬ」というのに反して、甚五郎の放った弾は運よく当たる。しかしその時の賭が原因で傍輩の蜂谷を殺してしまう。（4）はその折の情況を伝聞の形で叙しているくだりである。そこに「立ち退いた」とあるが、思いがけず蜂谷を殺してしまったという切迫した情況であるにもかかわらず、甚五郎の当の行動はいかにも冷静であるとして叙されている。だがここでは作者はその行動を他人から伝え聞いたものとして叙していることに注意したい。（4）によれば、甚五郎のこの行動は作者以外の他の人々の間でも認められているということがわかる。少なくとも甚五郎の従兄はそのように評価していたのである。

＊

ところで、この作品の典拠が尾形仂氏によって既に指摘されている。林復斎が編集した江戸時代の外交資料集である『通航一覧』がそれである。この『通航一覧』に次の（5）があることに私は注意したい。

（5）（家康の会話を漏れ聞いた甚五郎は）御下げすみそうけては不勤と御家を立ち退き、商買舟に乗て朝鮮国に渡る。

とある。「立ち退く」という用語はめずらしいものではないが先の（3）で鷗外が用いた語と同じであることに注意してよいのではないか。『通航一覧』と『佐橋甚五郎』の作者の叙述態度―佐橋甚五郎に対する態度―とは同じであり、この作品における家康の態度とは異なる態度であることを物語るものである。

＊

以上のことを通して本項で述べたかったことを要約しておく。

甚五郎は大事に直面した際に、その場を冷静な態度をもって立ち退いている。作者や甚五郎の周りの人はその冷静な態度を高く評価しているように思えるのであるが、家康はそうは受け止めず「逐電した」と言って非難している。その両者の対照的な様が用語の使用という面にうかがえる。しかし家康の「逐電した」のひと言は批判的である一方で、佐橋甚五郎の人となりを彷彿とさせる。主体的な生を選択し、自分を束縛するものを払いのけて自分の運命を自らの手で切り開いていった男をあざやかに印象づけるのに「逐電した」「立ち退いた」などの用語の使い方は注目されてよいのではあるまいか。

芥川龍之介『ピアノ』の一表現

――「もう一度この廃墟をふり返つた」を中心に――

（付）芥川龍之介『ひよつとこ』の一表現

本項は、芥川龍之介『ピアノ』に使用されている「もう一度この廃墟をふり返つた」と「目を注ぐ」という表現などを取り上げ私見を述べようとするものである。

本項は個々の言語表現が当の作品中でどのように使用されているかということを、特に主題とのかかわりにおいて検討しようとする立場に立つものであるが、本項と同じ立場に立つものとして森田良行氏の論がある。(1) この論考を参照しつつ私見を申し述べる。

はじめに『ピアノ』の全文を示しておく（『芥川龍之介全集　第四巻』筑摩書房）。

或雨のふる秋の日、わたしは或人を訪ねる為に横浜の山手を歩いて行つた。この辺の荒廃は震災当時と殆ど変わつてゐなかつた。若し少しでも変わつてゐるとすれば、それは一面にスレヱトの屋根や煉瓦の壁の落ち重なつた中に藜《あかざ》の伸びてゐるだけだつた。現に或家の崩れた跡には蓋をあけた弓なりのピアノさへ、半ば壁にひしがれたまま、つややかに鍵盤を濡らしてゐた。のみならず大小さまざまの譜本もかすかに色づいた藜の中に桃色、水色、薄黄色などの横文字の表紙を濡らしてゐた。

わたしはわたしの訪ねた人と或こみ入つた用件を話した。話は容易に片づかなかつた。わたしはとうとう夜に入つた後、やつとその人の家を辞することにした。それも近々にもう一度面談を約した上のことだつた。

雨は幸いにも上がつてゐた。おまけに月も風立つた空に時々光を洩らしてゐた。わたしは汽車に乗り遅れぬ為に（煙草の吸われぬ省線電車は勿論わたしには禁もつだつた。）出来るだけ足を早めて行つた。

すると突然聞こえたのは誰かのピアノを打つた音だつた。いや、「打つた」と言ふよりも寧ろ触つた音だつた。わたしは思はず足をゆるめ、荒涼としたあたりを眺めまはした。ピアノは丁度月の光に細長い鍵盤を仄めかせてゐた、あの藜の中にあるピアノは。――しかし人かげはどこにもなかつた。

それはたつた一音《いちおん》だつた。が、ピアノには違ひなかつた。わたしは多少無気味になり、もう一度足を早めようとした。その時わたしの後ろにしたピアノは確かに又かすかな音を出した。わたしは勿論振りかへらずにさつさと足を早めつゞけた。湿気を孕んだ一陣の風のわたしを送るのを感じながら。……

わたしはこのピアノの音《ね》に超自然の解釈を加へるには余りにリアリストに違ひなかつた。成程人かげは見えなかつたにしろ、あの崩れた壁のあたりに猫でも潜んでゐたかも知れない。若し猫ではなかつたとすれば、――わたしはまだその外にも鼬だの蟇がへるだのを数へてゐた。けれども兎に角人手を借らずにピアノの鳴つたのは不思議だつた。

五日ばかりたつた後、わたしは同じ用件の為に同じ山手を通りかかつた。ピアノは不相変ひつそりと藜の中に蹲つてゐた。桃色、水色、薄黄色などの譜本の散乱してゐることもやはりこの前に変らなかつた。只けふはそれ等は勿論、崩れ落ちた煉瓦やスレヱトも秋晴れの日の光にかがやいてゐた。

わたしは譜本を踏まぬやうにピアノの前へ歩み寄つた。ピアノは今目のあたりに見れば、鍵盤の象牙も光沢を失ひ、蓋の漆も剝落してゐた。殊に脚には海老かづらに似た一すぢの蔓草もからみついてゐた。わたしはこのピアノの前に何か失望に近いものを感じた。

「第一これでも鳴るのかしら。」

わたしはかう独り語を言つた。するとピアノはその拍子に忽ちかすかに音を発した。それは殆どわたしの疑惑を叱つたかと思ふ位だつた。しかしわたしは驚かなかつた。のみならず微笑の浮んだのを感じた。ピアノは今も日の光に白じらと鍵盤をひろげてゐた。が、そこにはいつの間にか落ち栗が一つ転がつてゐた。
　わたしは往来へ引き返した後、もう一度この廃墟をふり返つた。やつと気のついた栗の木はスレヱトの屋根に押されたまま、斜めにピアノを蔽つてゐた。けれどもそれはどちらでも好かつた。わたしは只藜の中の弓なりのピアノに目を注いだ。あの去年の震災以来、誰も知らぬ音《ね》を保つてゐたピアノに。

＊

森田氏はピアノの表現の分析に先立って氏の立場を明らかにしている。(2)

文章を全一的な言語表現のまとまりとして、いかに緊密な統一体を瑕瑾なく完結させているか、文章構成そのものの在り方を分析し、評価することである。（133ページ）

と述べ、続いて、

この作業は当然、対象とする文章作品によって分析上の問題点が定まり、それに合わせて方法論も選ばれる。初めから一定の図式があるのではなく、対象に合わせて分析上の図面の線引きが決められると考えてよかろう。（133ページ）

と述べている。

文章作品を各々の個性に即してそれにふさわしい表現分析がなされるべきであるとの立場を明らかにしているが、この立場は山本忠雄氏（『文體論—方法と問題—』賢文館）をはじめ多くの論者によって実行されている。本項もこの立場に立つものである。

＊

森田氏はこの作品の「題材のとらえ方、文章構成」の巧みさを讃え、「ともに範とするに足る名品である」と高く評価している。

この作品は三つの場面—ある雨の降る秋の日の場面、その日の夜の場面、それから五日ばかり経った秋晴れの日の場面—から成り、第一の場面が「起承転結」の「起承」、第二の場面が

「転」、第三の場面が「結」であるとし構成のあざやかさを讃えている。題材のとらえ方の巧みさについても、「(ピアノを鳴らせた)原因をあからさまには説明しない。「一つ転がる落ち栗」で暗示し、解決を与える巧みさ。鳴らせた原因を正面にすえたら、月並みの推理小説に堕していたであろう。ピアノに対する愛着と愛惜の情でしめくくったあたり、見事である。」などと詳細に言及し評価している。

右のような表現の面からのとらえ方は否定できないが、私はこの作品の最後の「わたしは只藜の中の弓なりのピアノに目を注いだ。あの去年の震災以来、誰も知らぬ音を保つてゐたピアノに。」という叙述に注目すべきであると考える。これは先引の森田氏の見解「ピアノに対する愛着と愛惜の情でしめくくったあたり」に相当するものであるが、この作品の鑑賞に当たってはこの部分をこそ注目すべきではあるまいか。当の叙述の前には「やつと気のついた栗の木はスレヱトの屋根に押されたまま、斜めにピアノを蔽つてゐた。けれどもそれはどちらでも好かつた。」(傍線大木。以下同じ)とある。森田氏が讃えた「一つ転がる落ち栗」で暗示し、解決を与えている巧みさ。」ということも「あの去年の震災以来、誰も知らぬ音を保つてゐたピアノ」から受ける感慨・感動に比べれば「どちらでも好かつた」ということになるのではなかろうか。

私はこうした「感動」がこの作品の主題であると考えている。したがってこの作品における表現の特色はこの主題とかかわるものであることを指摘しなければならないであろう。「起承転結」ということや森田氏の指摘した「題材のとらえ方」もこの主題とのかかわりにおいて説明されるべきものである。

＊

『ピアノ』の主題とかかわる表現は最後の段落において使用されていると考えられるので、この段落の叙述を再引したい。

わたしは往来へ引き返した後、もう一度この廃墟をふり返つた。やつと気のついた栗の木はスレエトの屋根に押されたまま、斜めにピアノを蔽つてゐた。けれどもそれはどちらでも好かつた。わたしは只藜の中の弓なりのピアノに目を注いだ。あの去年の震災以来、誰も知らぬ音《ね》を保つてゐたピアノに。

さて、私は右の引用において「もう一度この廃墟をふり返つた。」という表現に注目したい。

ここでの「ふり返つた」という「わたし」の行動・行為が「やつと気のついた栗の木」が「スレヱトの屋根に押されたまま、斜めにピアノを蔽つてゐ」る様子には関心を示さず、「あの去年の震災以来、誰も知らぬ音《ね》を保つてゐたピアノ」への注視・感慨・感動をもたらしているのである。「ふり返つた」という行動・行為はかくも射程の広いものであるということに注目したいのである。

それではこうした行動・行為はこの作品の他の箇所において既にあったであろうか。展開の順を追って確かめていこう。

「或雨のふる秋の日」の第一の場面ではどうか。「スレヱトの屋根」や「煉瓦の壁」、伸びている「藜」、「弓なりのピアノ」などが叙述の対象になっているがそれらを「ふり返」ることはしていないし、叙述されたそれらが導く感慨・感動も叙述の対象となってはいない。

その「夜」の第二の場面であるがそこではどうであろうか。この場面は森田氏の指摘のとおり主に聴覚より状景がとらえられている。「ふり返」るという行動・行為にかかわる叙述としては「眺めはした」とあるのが目にとまる。第一の場面に叙されている「蓋をあけた弓なりのピアノ」、それは「半ば壁にひしがれたまま、つややかに鍵盤を濡らしてゐた」のであるが、それを受けて「ピアノは丁度月の光に細長い鍵盤を仄めかせてゐた」と叙している。この叙述に続けて「あの藜の中にあるピアノは。」と叙して主語・述語を倒置した表現としているが、そこにある種の感慨・感動が感じ取れもする。だがこの作品の最後の一文から受け取れるほどの深い、射程の広い感慨・感動ではない。

なお、第二の場面には「振りかへらずにさつさと足を早めつゞけた」とある。ピアノの「音」は「ふり返」ることを強く誘うかに思われるが作者はその行動・行為を思いとどまり、「リアリスト」よろしく振る舞っている。

「五日ばかりたつた」「秋晴れ」の日の場面はどうか。この作品の最後の段落に「ふり返つた」とあることを指摘しておいたが、その他の箇所にこのたぐいの表現はあるであろうか。「目のあたりに見れば」とあるがこれは「ふり返」るという行動・行為とは異なる。

以上、三つの場面における「ふり返」るのたぐいの表現を見てきたが、この行動・行為が感慨・感動をもたらすものは、第二の場面における「眺めまはした」と、第三の場面における「ふり返つた」だけであることが確認できた。前者より後者のほうが感慨・感動の深さにおいてまた射程の広さにおいて勝さるものであることも確認できた。

ところで、「もう一度この廃墟をふり返つた。」という表現には注目すべきことがある。それはこの中に「もう一度」とあることである。だが、ここでの「ふり返」りは再度のものであろうか。私はこの点に注目したい。ここ以前において「この廃墟をふり返つた」という行動・行為があってはじめて、ここでの「もう一度この廃墟をふり返つた」という行動・行為は成り立つはずだからである。

もう一度作品の展開に即して当の行動・行為の表現があるかどうかを見ていこう。

ある雨の降る秋の日、「わたし」は横浜の山の手の廃墟を目の当たりにするが「ふり返」ってはいない。「荒涼としたあたりを眺めま」わすだけである。ピアノの音が再度聞こえても「ふり返らずにさつさと足を早めつづけた」のである。五日ばかり経った秋晴れの日の昼間にこの場所を通りかかるが「ピアノは今目のあたりに見れば」とはあるが、「ふり返」ってはいない。「わたし」が「第一これでも鳴るのかしら。」と独り言を言うと、その拍子にかすかな音を発するがそのとき再び「ピアノ」を見る。「今も日の光に白じらと鍵盤をひろげてゐた」とあるから、ピアノを再度見ていることが知られる。しかし再度見るのはピアノであって「廃墟」ではないのである。

そして当面の課題の「もう一度この廃墟をふり返つた。」となる。以上のように見てくると、これ以前の叙述において「ふり返つた」ことはないということが確認できる。だとすると、「もう一度」としたのは作者の誤りということになろう。しかしながらこの誤りの指摘をもって満足すべきではないと思う。芥川ほどの作家がこうした誤りを犯したとなればその指摘はそれなりに興味を引くことなのかもしれないが私としてはこの作品の主題とからめて私の読みを提出しておきたい。

「わたし」はこの作品の第一の場面から当のピアノのある廃墟を見てその状景を様々叙している。第一の場面ではその廃墟の「荒廃」ぶりを、ピアノの様や譜本の様を通して叙している。第二の場面では「荒涼としたあたりを眺めまはし」て、「人手を借らずにピアノの鳴つたのは不思議」なことと、している。第三の場面では第一の場面の状景が白日のもとにさらされていることを確認し、更なるピアノの荒廃ぶりを叙している。そしてこの作品の最後の段落の「もう一度この廃墟をふり返つた。」の叙述に至るのである。ピアノの荒廃ぶりを叙すに当たり「荒廃」「荒涼」「廃墟」という表現によってそれを統括してはいない。

しかしながら「わたし」は何回も当の廃墟を見ていることは確かである。廃墟を「ふり返」ってはいないが見てはいるのである。だとすると「ふり返つた」としたのは〈見た〉と同義のつもりで使用し、「もう一度」はその行動・行為を再確認するために使用したとも考えられる。つまり、「もう一度この廃墟をふり返つた。」は〈もう一度（改めて）この廃墟を見た〉のつもりの表現であるとも考えられる。しかしこういう想定が当を得ているとすれば〈見た〉を「ふり返つた」と同意であるとした作者は批判されることとなろう。

「ふり返つた」という表現を巡っては以上のような問題がある。すなわち、「もう一度」とするのは誤りであり「廃墟をふり返つた」のはこの作品の最後の段落がはじめてであると解するか、「ふり返つた」は〈見た〉と同意のものとして使用されていると見るか、いずれとも決着がつかないという問題が残るのである。

さて、「もう一度この廃墟をふり返つた。」という表現はこの作品の主題とどのようにかかわっているのであろうか。私は先にこの作品の主題は「あの去年の震災以来、誰も知らぬ音《ね》を保つてゐたピアノに。」という表現にうかがうことができると述べた。そこから看取される感慨・感動をも主題に含め得るとしたのであるが、この表現の内容についても確認しておく必要があろう。「わたし」は廃墟の一部と化してしまった当のピアノは正に死んでしまったと思っていたが、そのピアノは今も生命を維持していることを知ったのである。この内容を散文的に表現するのではなく、倒置法を使用して主題を、その発見・認識の折の感慨・感動と共に表現しているのである。だとすると、「もう一度この廃墟をふり返つた。」という表現はこの主題の発見・認識を導くために不可欠な行動・行為であったということになると考えられる。「振り返つた」という行動・行為がなかったならば「わたし」にとって当の主題の発見・認識はあり得なかったということを指摘しておきたい。「ふり返つた」と表現するだけではなく「もう一度」という表現を付加することによって〝不可欠〟ということが強調されるものになっていることにも注意したい。作者にもし認識の誤りがあったとしてもその誤りは単なる誤りではなく、主題の発見・認識とそれに伴う感慨・感動のしからしむところであるのではなかろうか。

*

ところで、この作品の最後の段落においてはもう一つ注目したい表現がある。それは「只藜の中の弓なりのピアノに目を注いだ」という表現である。

まずこの作品において「目を注ぐ」と同趣かと思われる表現を確かめておこう。

一回目は、ある雨の降る秋の日の夜の場面においてのものである。「わたしは思はず足をゆるめ、荒涼としたあたりを眺めまはした」とあるのがそれである。二回目は、五日ばかり経った秋晴れの日の場面においてのものである。「ピアノは今目のあたりに見れば、鍵盤の象牙も光沢を失ひ、蓋の漆も剝落してゐた」とあるのがそれである。三回目は、二回目と同じ場面であり先に示した「わたしは只藜の中の弓なりのピアノに目を注いだ」とあるものである。

この三つの表現を比べてみれば明らかなように、三回目のものが最も対象を注視している趣が強いということが知られる。三回目のものには集中している様を表す「只」のあることも注意される。一回目は引用の部分に続いて「ピアノは丁度月の光に細長い鍵盤を仄めかせてゐた。あの藜の中にあるピアノは。―しかし人かげはどこにもなかつた。」とあるが、「眺めはした」結果がもたらす発見・認識は三回目のものにはその深さ、射程の広さにおいて及ぶべくもない。二回目もこれに続いて蔓草のからみついているのを見つけ「このピアノの前に何か失望に近いものを感じた。」のであり三回目の比ではない。

このように同趣の三例の表現を比較してみると、三回目の「只…目を注いだ」が主題を導くのに不可欠な行為となっていることが知られるのである。だとすると、一回目の「眺めはした」、二回目の「見れば」は無駄なものかというとそうではあるまい。前二回の行為は三回目の行為を盛り上げるのに有効なものとなっているように思う。

短編の作品においてはその結末をどう盛り上げるかということに意を注いでいるかということが興味を引くが『ピアノ』も例外ではないと思う。

さて、「けれどもそれはどちらでも好かつた。」という表現については先に言及したが、森田氏の言う「種あかし」はどちらでも好いと表明していることは注意されてよい。こう表明することも主題を盛り上げるのに有効なものとなっているのではなかろうか。

また、最後の段落に使用されている「保ってゐた」という表現も見逃せない。「あの去年の震災以来、誰も知らぬ音《ね》を保ってゐたピアノに。」という文脈において使用されているが、去年の震災によって「或家」は廃墟と化し、その家のピアノも譜本も原型をとどめていない。しかしピアノの「音《ね》」だけは去年のままなのである。しかもその存在は誰も知らないということである。廃墟と化した或家、原型をとどめぬピアノと譜本、そうした物が現前として存在する中にあって、ピアノの「音《ね》」だけは不変のままに存在するのである。そのことを表現するのに「保ってゐた」という表現は効果的である。

なお、一応の定見にまだ達していない考えを記すのははばかられるが、「音」という表現も注意される。この作品にはルビのない「音」、「一音《いちおん》」、「音《ね》」の三種がある。使い分けのあることが予想されるが、第二の場面での「音《ね》」と「音」は両者の表現価値に差がないかに思われて私案の提出に行きづまっている。

その時わたしの後ろにしたピアノは確かに又かすかな音を出した。（中略）わたしはこのピアノの音《ね》に超自然の解釈を加へるには余りにリアリストに違ひなかつた。

これによれば「このピアノの音《ね》」は「音」と同じではないかと思われてくるのである。

＊

本項はいわゆる個別的文体論の立場に立って芥川龍之介『ピアノ』における表現のいくつかを考えてみた。「もう一度この廃墟をふり返つた。」という表現に主に着目し、誤用かとも思われる表現が作品の主題とかかわる様を検討してみた。芥川の作品を読んでいるとこれに類する表現がまだほかにもあることに気づく。作品の主題とかかわるものや主要登場人物の性格を浮き上がらせるために有効であることが指摘できる。

（付）　芥川龍之介『ひよつとこ』の一表現

『ピアノ』に類するものが『ひよつとこ』にも見出せるのでここに加えておきたい。

芥川の初期の作品である『ひよつとこ』の主題の検討や、他の作品（三島由紀夫『仮面の告白』、中上健次『千年の愉楽』）との比較は既に小林広一氏などによってなされている。(3)

しかし、〝ことば〟の面からこの検討はなされていないので、芥川の揚げ足取りかに見える表現の一つをここに取り上げ小見を述べてみたい。取り上げるのはこの作品に見られる「あの」

という指示語である。もう少し詳しく言えば「あの愛嬌のある、へうきんな、話しのうまい、平吉」という表現における「あの」である。

さて、右の表現には「あの」とあるのであるから「愛嬌のある、へうきんな、話しのうまい」という平吉の性格はこの表現がなされる以前に既になされているはずである。そこでそのつもりで文脈をたどってみると、「愛嬌のある、へうきんな、話のうまい、平吉」という表現は一つもなされていないことがわかるのである。

そこで平吉はどんな性格の人物として叙されているか、これを具体的に追ってみることにしたい。

好ましいと思われる性格とみてよい叙述は次の一例だけである（ちくま日本文学全集『芥川龍之介』筑摩書房）。

(1) どこかへうきんな所のある男で、誰にでも腰が低い。（253ページ）

「へうきんな」とあるところはおなじであるが「愛嬌のある」「話しのうまい」という叙述はなされていない。したがって「何処かへうきんな所のある男で、誰にでも腰が低い。」という表現を受けて「あの愛嬌のある、へうきんな、話しのうまい、平吉」と叙したのだとみるわけにはいかない。

次に、好ましいとは言えないが平吉の性格・行動を叙していると思われる表現をいくつか見ておきたい。

（2）一度踊り出したら、いつまでも図にのつて、踊つてゐる。はたで三味線を弾いていようが、謡をうたつていようが、そんな事にはかまはない。（254ページ）

（3）酔つた時にした事ばかりである。馬鹿踊はまだ好い。花を引く。女を買う。どうかすると、ここに書けもされないやうな事をする。（256ページ）

（4）人と話してゐると自然に云おうと思はない嘘が出てしまう、しかし、格別それが苦になる訳でもない。悪い事をしたと云う気がする訳でもない。そこで平吉は毎日平気で嘘をついてゐる。（257ページ）

このように見てくると、作者は平吉の好ましい性格よりはむしろ好ましくない性格を積極的に叙そうとしているかに見える。しかしながら好ましくないといっても人を裏切るとか、それむとかいうようないわば「悪い」方向の性格を備えているとは叙していない。「一度踊り出したら、何時までも図にのつて、踊つてゐる」をはじめ、どこか憎めない人物として叙されてゐる。作者は平吉の好ましくない性格を叙すに当たっても平吉に好意を寄せているかに思われる。そうした作者の姿勢が「あの」を使わせた一要因であるとも考えられるがもう少し考えてみることにしたい。当の表現の前後にも広げて手掛かりを得たい。

（5）「面を……面をとつてくれ……面を。」頭と親方とはふるえる手で、手拭と面を外した。しかし面の下にあつた平吉の顔はもう、ふだんの平吉の顔ではなくなつていた。小鼻が落ちて、唇の色が変つて、白くなつた額には、脂汗が流れている。一眼見たのでは、誰でもこれが、あの愛嬌のある、へうきんな、話しのうまい、平吉だと思うものはない。ただ変わらないのは、つんと口をとがらしながら、とぼけた顔を胴の間の赤毛布《あかゲット》の上に仰向けて、静かに平吉の顔を見上げてゐる、さっきのひよつとこの面ばかりである。（261ページ）

平吉はお花見の伝馬船に乗り、したたかに酔って「ひよつとこの面」をつけて馬鹿踊りをやっていた。が、すれちがった川蒸気の横波のあおりを喰らって倒れ込んでしまう。平吉はそのはずみでとうとう死んでしまう。右の引用は平吉のその死に至る場面を叙したものであるが、ここでは変わり果てた平吉と、変わらない「ひよっとこの面」が対比されている点が注意される。この両者の対比によって「ひよっとこの面」の不変化性・恒久性・超越性といった側面が強く印象づけられる結果となっている。

小林広一氏は「ひよっとこ」の主題は「仮面の美学」であるとし、「仮面は彼（平吉）の意志を越えて存在し、彼の運命を呪縛するものであったのである。」と述べている。(4)私はこの主題と、本項で取り上げた「あの愛嬌のある、へうきんな、話しのうまい、平吉」という表現とがかかわっていると考える。

平吉の「ひよっとこの面」をはずしてみると、その顔はふだんの平吉の顔ではなくなっていた。そこには不変ならぬ、大きな変化が生じていたのである。その変化にさらされざるを得なかった平吉は何とあわれな存在であるのか。作者の芥川は平吉の死に顔を前にしてそうした平吉に「鎮魂」の言葉を投げかけたのではなかろうか。それが当該の表現―「あの愛嬌のある、へうきんな、話しのうまい、平吉」―であると思う。それまでは一度も叙したことのなかった平吉への大賛辞を惜しまなかったのはこの「鎮魂」の思いであったとすれば当該のこの表現は単なるケアレスミスとして処理すべきではないと思うのである。

小林氏は「(仮面は）彼の運命を呪縛するものである」と述べ仮面の側に立って見解を述べているが、「愛嬌のある、へうきんな、話のうまい、平吉」という表現は、「呪縛」される側に対する作者のあわれみの態度、魂の平安を願う態度と見ることはできまいか。

注

（1） 森田良行「芥川龍之介「ピアノ」文章」（『現代作文講座・別巻』。後に森田良行『言語活動と文章論』明治書院に収録）

（2） 注（1）に同じ

（3） 菊地弘・田中実編『対照読解　芥川龍之介―「ことば」の仕組み』（蒼丘書林）

（4） 注（3）に同じ

谷崎潤一郎『猫と庄造と二人のおんな』の一表現

――走った――

本項は谷崎潤一郎『猫と庄造と二人のおんな』に使用されている表現「走った。」に着目しその用法上の一特色を指摘しようとするものである。いわゆる個別的文体論の立場に立って検討するが、当の表現がこの作品の主題とどうかかわっているかという点を中心に明らかにしていきたい。

さて、この作品に使用されている「走った」の用例を調べてみると、いずれも「走った。」で一文が終止するものばかりであることがわかる。「走った庄造」「走ったので」「走ったが」といったような使用例は一つもない。そこで以下、「走った。」と表記して論をすすめることにしたい。

＊

この作品の主人公である庄造は、作品全体を通して常に活動的であるとは評しがたい人物である。庄造は離婚した品子—今は六甲に住んでいる—に愛猫のリリーを譲ったがリリーに会いたい気持ちを抑えかねている。が、やがて会う機会がおとずれる。庄造はそのあたりから活動的になってくるのである。六甲まで足を運ばなければならない事態になったのであるから当然のことなのではあるが、自転車で走ったり歩を進めたりといった行動の叙述が目立つようになる。だがそうした行動の中にあって庄造自身が走るという行動の表現が現れてもくるのである。この作品を展開に即してこの辺りまで読んできた読者には、なぜ庄造はこうした行動に出るのだろうかという疑問がおのずから湧いてくる。あの庄造が走るのはただ事ではない。走り方や目指す目的地はどこか、走る理由は何かなどという疑問を確かめてみたくなるのは当然のことであろう。

＊

走るという行動—自転車で走る場合は除き、人間が走る場合に限る—の叙述をこの作品で調べてみると、いずれも「走った。」であり使用数は三例であることがわかる。この作品の終わりから三番目の段に一例、二番目の段に一例、最後の段に一例使用されている。それぞれを具体的に見てみると、第一の例は「夢中で走った。」、第二の例も「夢中で走った。」、第三の例は「一散に走った。」とある。単に「走った。」ではなく又、「ゆっくり走った。」でもなく「夢中で」あるいは「一散に」走ったのである。何かよくよくの事態が生じたに違いない。またこの三例の主体、すなわち誰が走ったのかという点に着目すると、いずれも庄造であり他の人物ではないことが注意される。もう一つ注意されるのは、第一と第三の例はこの表現をもってその段が終わっており、第二の例もこれに準じて考えられるということである。そこで、更にいくつかの観点から「走った。」の用法を検討する。この作品の他の段がどのような表現で終わっているかを調べ、「走った。」と比較することによって「走った。」の用法上の別の特徴を明らかにしてみたい。以下に第一段から第十二段の終わりの文章あるいは文を引用しその末尾に段とページ数とを示す（新潮文庫『猫と庄造と二人のおんな』）。なお、状況説明などのため（　）内に注記を私に加えた。

（1）私（品子のこと）決して悪いこと申しません、（中略）あの人（庄造）それを承知しないならいよいよ怪しいではありませんか。……（第一段　8ページ）

（2）あんまりムキになったせいか、急に涙が込み上げて来たのか、自分にも不意討ちだっ

たらしく、福子は慌てて亭主の方へ背中を向けた。 （第二段　19ページ）

（3）「何や？」

と云っている隙に、（庄造は）素早く指切りをさせられてしまった。 （第三段　28ページ）

（4）福子が風呂から帰ってきた。 （第四段　38ページ）

（5）「念押すまでもないこッちゃないか。」

と、又杯のふちを舐めた。 （第五段　56ページ）

（6）「リリーや、リリーや」

と、暫く呼んでみたけれども、今頃こんな所に愚図々々している筈がないことは、分かりきっていたのであった。 （第六段　67ページ）

（7）ひどく意地の悪い、鬼のような女にさえ見えて来たのであった。 （第七段　77ページ）

（8）慌てて掛け布団をすっぽり被ってしまったのであった。 （第八段　87ページ）

（9）そして庄造は、首を左右へ揺さ振り揺さ振り、電車線路を向こうへ渡った。 （第九段　99ページ）

（10）そして空地を横ッ飛びに、自転車を預けて茶屋のところまで夢中で走った。 （第十段　108ページ）

（11）どたん、どたん、二人（庄造の母親と妻の福子）が盛んに争いながら店へ出て来そうなので、慌てて庄造は往来へ逃げ延びて、五六丁の距離を夢中で走った。それきり後がどうなったことやら分からなかったが、気が付いてみると、いつか自分は新国道のバスの停留所の前に来て、さっき床屋で受け取った釣り銭の銀貨を、まだしっかりと手の中に握っていた。　　（第十一段　115ページ）

（12）彼（庄造）は転げるように段梯子を駆け下りて、表玄関へ飛んで行って、初子が土間へ投げてくれた板草履を突っかけた。そして往来へ忍び出た途端に、チラと品子の後影が、一と足違いで裏口の方へ曲がって行ったのが眼に留まると、恐い物にでも追われるように反対の方角へ一散に走った。　　（第十二段　123ページ）

右に示した十二例を比較してみて気付くのは、（10）（11）（12）は、ある場所を離れて別の方向あるいは場所に向かうという意味を持っており、しかもその移動は素早くしかも慌ただしい。これに対して、残る九例はこうした意味を持っていないということである。（10）は空地から茶屋の所まで移動するのであり、（11）は庄造の家から往来へ移動するのである。（12）は品子の住む家から家に戻る品子とは反対の方向に移動するのである。いずれも「夢中で」「一散に」

移動するのである。

残る例はどうか。（1）には動作の意味はない。（2）は「背中を向け』るという動作の意味はあるが移動の意味はない。（3）の「指切りをさせられてしまった」にも移動の意味はない。（4）の「帰ってきた」には移動の意味はあるが素早くあわただしいという意味は伴っていない。（5）の「舐めた」は動作の意味はあるが移動の意味はない。（6）の「分かりきっていたのであった」には移動の意味はない。（7）の「見えて来た」には心理的な動きの意があるが移動の意味はない。（8）の「被ってしまった」には移動の意味はない。（9）の「渡った」には移動の意味はあるが、素早くしかもあわただしいという意味は伴っていない。

このようにみてくると、（10）（11）（12）は素早くしかもあわただしく移動する意味を持つという点において他の九例とは異なるということが指摘できよう。

更にもう一つ指摘しておきたいことがある。それは（10）（11）（12）が第十段・十一段・十二段の終わりに集中しているということである。この作品は第一段〜第十二段の十二の段から成るが、第一段から第九段までの九段のものには当の意味的特徴はなく、第十段から第十二段の三段にだけ当の意味的特徴があるという構成上の特徴が指摘できるのである。

次に指摘できることは、（10）（11）（12）はばらばらに存在するのではなく、三例の間に関連づけができるということである。(10)よりも(11)のほうがややあわてぶりが目立ち(12)は(10)(11)とは次元を異にしてその行動の背景となっている事態が深刻であるいうことである。(10)(11)は(12)のクライマックスを効果的にするための役割を担っていると解される。以下こうした点を具体的に見ていこう。

(10)は「横ッ飛びに」「夢中で走った。」のであるが、走り着く目的地への自覚、目的地を目指して走るという自覚はある。「自転車を預けて茶屋のところまで」とあるところからそのことがわかる。庄造は福子の「あんた今頃まで何してたん!」という声におびえて「走った。」のであるが、庄造は結局自分の家に帰ったのである。そのことは、次の第十一段の冒頭に「その晩、庄造よりも二時間程遅れて帰って来た福子は…」とあるところからわかる。

(11)はどうか。(11)も「夢中で走っ」ているが、目指す目的地への意識は(10)とはやや異なる。庄造は「五六丁の距離を夢中で走」り、「それきり後どうなったことやら分からなかった」というほどあわてているから、あわてぶりは(10)よりもはなはだしい。しかし庄造はそのままではいずに「気が付いてみると」というようにいわば我に返るのである。そして品子の家へと向かっているのである。(11)に続く第十二段に「初子(品子の妹。品子と同居している)がひとり台所で働いていると、そこの障子をごそっと一尺ばかり開いて、せいせい息を切らしながら庄造が中を覗き込んでいたので」「今朝は自分が我が家の閾を跨ぐことが出来ないで、ついふらふらと此処（品子の家）へやって来たのであるが」とあるところからそのことがわかる。（10）は自覚して目的地へ帰ったのであるが（11）ではその自覚がなく「ついふらふらと」品子の家にやって来たのである。

それでは（12）はどうか。庄造のあわてぶりは（10）（11）に負けず劣らずであるが、「恐い物にでも追われるように」とあることが注意される。庄造はこの（12）においては強迫観念に襲われているのである。それでは庄造の目指す目的地はどこであろうか。それを求めて文脈をたどってみても、「反対の方角へ一散に走った。」との叙述があるばかりで庄造がどこへ走って行ったか、どこへたどり着いたかの叙述はなされていない。またそのことを暗示する叙述もなされていないのである。（10）では庄造の家に帰ったのであり（11）では品子の家にたどり着いたのであるが、（12）では帰る場所もたどり着く場所もなかったというように書き分けられている。帰る場所、たどり着く場所を叙さず「一散に走った。」で作品を終わっているということに注意したい。

それでは「夢中で」あるいは「一散に」走った原因は何であろうか。（10）では福子の声であり（11）では庄造の母親と妻の福子との争いが原因であるが（12）はどうであろうか。その原因をしかととらえがたいが、品子の帰宅ということが原因と見てよいであろうか。庄造にとって品子が「恐い物」に見えるのは無理からぬことではあるが、そのことが直接の原因であるとは断定しにくい。(12) の最後の叙述を先に引用したがその箇所の近くに「品子も、リリーも、可哀そうには違いないけれども、誰にもまして可哀そうなのは自分ではないか。自分こそほんとうの宿なしではないかと、そう思はれてくるのであった。」とある。この叙述は庄造のいたましい深刻な思いを叙していると思われるが庄造がこの思いに沈んでいるその時に、品子の帰宅が初子によって告げられ (12) の叙述に至るのである。私は庄造のこの思いが「一散に走った。」という行動を促す一原因となっていると思う。そしてもう一つは品子の帰宅ということであろう。その二つの原因ゆえに目的地も見出せず「一散に走った。」のではなかろうか。

＊

以上、この作品に見出される「走った。」という表現について、走る主体、走り方、走る原因、走り至る目的地などについて考えてきたが、得られた知見を箇条書きに整理すると次のようである。

（一）連体形や連用形の用例はなくすべて終止形「走った。」であること。
（二）「走った。」の使用例は三例であること。
（三）その三例は第十・十一・十二の三段の末尾あるいはこれに準ずると考えられる箇所において使用されていること。
（四）「走った。」は「夢中で」「一散に」という修飾語を伴っていること。
（五）「夢中で走った。」「一散に走った。」は、第一段〜第九段の末尾の動詞などの有しないところの「素早くしかもあわただしく移動する」という意味を有すること。
（六）「走った。」の三例はばらばらに存在するのではなく、最後の「走った。」（クライマックスでの使用）を盛り上げるものとして他の二例は位置づけられていること。
（七）「走った。」の至りつく目的地が第十・十一段では明示されるが、第十二段にはそれがないこと（あてどなく走るの意であること）。
（八）第十・十一段にくらべ第十二段のほうが走る原因がはるかに深刻であること。
（九）「走った。」はこの作品の構成にかかわっていること（第一〜九段にはなく、第十〜十二段に偏在すること）。

以上であるがこれらを総合すると、この作品の最後の段、第十二段において庄造に大転換が訪れていることが、「一散に走った。」という表現を通して理解できるように仕組まれているのである。

＊

本項で底本とした新潮文庫において磯田光一氏が解説をしているがその中の次の一節に注目したい。氏はまず作品の最終近くの一節を引用する。

考えてみると庄造は、云わば自分の心がらから前の女房を追い出してしまい、この猫にまでも数々の苦労をかけるばかりか、今朝は自分が我が家の閾を跨ぐことが出来ないので、ついふらふらと此処へやって来たのであるが、このゴロゴロ云う音を聞きながら、咽せるようなフンシの匂いを嗅いでいると、何となく胸が一杯になって、品子も、リリーも、可哀そうには違いないけれども、誰にもまして可哀そうなのは自分ではないか、自分こそほんとうの宿なしではないかと、そう思われて来るのであった。（129ページ）

続けて、次のような見解を述べている。

品子は庄造を愛していたにもかかわらず、庄造から追い出された。それと同じように、いま庄造はリリーから裏切られているのではないか。しかもこのとき品子が帰って来て、庄造はあわてて逃げ出してゆくのである。この最後の部分のアイロニーは、まことに痛烈である。

おそらく庄造はわが家へ帰って行っても、猫への愛着が心を去る日は永久にこないであろう。また品子もリリーを愛しながら、庄造へのひそかな思いをいだき続けるかもしれない。しかし庄造が家に帰ったところで、妻の福子はけっして庄造の心をみたすことはないであろう。（中略）愛とはほかならぬ〝隷属〟であり、幸福とは、〝隷属の幸福〟以外はありえない。にもかかわらず、相手に〝隷属〟を拒否されたとき、そこにはどういう世界があらわれるであろうか—それがほかでもない『猫と庄造と二人のおんな』の世界である。

（129〜130ページ）

庄造はリリーに裏切られ、しかも品子からも逃げてゆく。たとえ我が家に帰っても平安は得られないとする磯田氏の見解は妥当である。そうしたことを叙するに当たって作者がこの作品を「恐い物にでも追われるように反対の方角へ一散に走った。」と表現して締めくくったのは絶妙と言うほかはない。この「走った。」の意味、用法は先に述べたとおりであるが、意味の面でも種々の用法の面でも相手に、〝隷属〟を拒否された者の様態を鋭く突いた的確な表現となっていると言えよう。

辻邦生『サラマンカの手帳から』の一表現
――「過失」という語を中心に――

辻邦生氏の短編『サラマンカの手帳から』の主題についての研究は岡崎昌宏氏によって詳しくなされている（「辻邦生「サラマンカの手帳から」論」「解釈」50巻7・8号）。

だがこの作品に使用されている語句や符号に焦点を当てその使用法の巧みさ、構成とのかかわりという観点に立っての検討はなされていない。この作品を通読してみて気づくことの一つに「過失」という語の使用法がある。もう一つは明らかに発話なのに「」が付されていなかったり、心中語と思われるのに「」が付されているといった、普通でない使用法も目にとまる。

本項ではこうしたことを取り上げ作品の内容とのかかわりを検討することによってこの作品の読みを深めるための一助をさぐってみたい。

＊

この作品に使用されている「過失」という語の使用数を機械的に数えてみると、五例ある。それほど目立つ使用数ではないが、これらが作品の要所要所に使用され、一方では文脈によって「過失」の意味する内容も一様ではないように思う。また、この作品に登場する主要人物はこの作品を書いている「私」と、「私」との間の子供をおろした「女」のと二人であるが、「過失」という語は「私」が四回、「女」が一回使用している。そのことの意味づけも検討したい課題の一つである。以下文脈に即してこれらの課題に迫ってみることにしたい。

＊

この作品は十九の章から成るが内容の上からは大きく四つに分けてみることもできよう。

(一)「過失」を癒すために「私」は「女」をスペイン旅行（主な地はサラマンカ）に誘う。
(二)旅行を通して「過失」を巡っての思索・苦悩を深める。
(三)「過失」の悩みからの脱却に成功する。
(四)未来へ向かって出発する。

＊

順を追って見ていこう。最初の一例はこの作品の第一章の冒頭に出てくる(『辻邦生　全短篇2』中公文庫)。

(1)「もう一度やりなおしてみるべきだよ。誰だって、過失はある。そのたびに何もかも投げだしたら、一生かかっても人は何もできやしない」(291ページ　傍線大木。以下同じ)

「私」は「ぼくらのことは決して失敗じゃない」と言い、「女」は「みじめだわ」「女が子供を欲しがらないときはね、野心があるときだけよ」「でも、あのことがあってから、自分に野心なんか、まるでなかったことがわかったのよ。もう取りかえしがつかないわ」などと言っていることから、二人は二人の間の子供をおろしたことをめぐって会話をしていることがわかる。子供をおろすなんて、誰でもがする「過失」の一つだ、やり直しはできると「私」は主張するが、「女」に同意の様子は見られない。

そこで二人は「過失」からの脱却をはかるべくスペイン旅行に出るのである。だとするとわれわれ読者は旅行が「過失」を癒してくれることを期待し、それがどのようにして実現するかということに興味を抱くであろう。「私」は「誰だって、過失はある」と認識しているのだから、旅行中も「女」をリードし、いわば胸を張って旅を楽しむのではないと予想されもするのであるがどうなるのであろうか。

＊

第三章からスペイン旅行の記が本格的に叙され、スペインの政治的状況にまでも筆が及ぶ。われわれの予想どおり「私」が「女」をリードする形で旅行は進行する。「過失」という語はなかなかに現れないが、第十四章に至ると、この語が「私」の心中語の中に現れる。しかも二回も現れるのである。

(2)　赤い、ながいサラマンカの夕陽が、屋根と壁と尖塔の密集するこの町に斜に照りつけていた。じりじり灼く、気の遠くなるような夕陽の赤さを、私は、混雑する市場の裏のバス発着所から眺めていた。(中略)「とても、こんなところにいられないわ」女は部屋で喘ぐようにそう言ったが、私は反対に、なぜか、いつまでもこの裏町の雑踏のなかにとどまりたかった。ここには私たち二人にとって必要な何かがかくされているような気がした。観光ルートにものらず、同国人にまるで会わないのもよかった。私は、女だけが自分の過失をとがめているのではなく、私自身もそれを認めていることを感じていた。少くとも女とスペインの旅に出てから、それを徐々に感じるようになったといってよかった。自分の残忍さが刻々に姿をあらわしてくるような感じだった。私はその残忍さを重い砂袋のように自分の肩にかついで歩いていた。その重さは、しかし決して快いものではなかった。

（中略）

私は女と一緒にいるのが彼女を苦しめることになるのをそのとき感じていた。自分が残忍さを重荷のように背負っているとき、それを女に忘れるように言うことは不可能だろう。女はこれから後も自分の後暗さとしてこの負い目を背負いつづけるだろう。それも私といることで、いっそう強くなってゆくだろう。もし私と女が今後幸福になりえたとしたらどうだろう。この過失は黒い矢じりのように私たちの幸福に深く突き刺さって残るだろう。そして幸福が強まるにつれて、それに反比例してこの矢の痛みは私たちの心を苦しめるにちがいない――私は焼酎に似た地酒を飲みながら、自分が叫びだしそうになるのを感じた。女が無限に小さな弱い存在に思えた。私は原罪など信じたことはなかったが、そのときだけは、それに似たものを感じた。握りしめた手が、べとつくテーブルのうえで、ぶるぶる震えるのが見えた。（306～307ページ）

ここで注意したいのは、「過失」は、第一章における「誰だって、過失はある」という「過失」とは違って、「自分の過失をとがめている」「この過失は黒い矢じりのように」「私たちの幸福に深く突き刺さって残る」体のものとなっているということである。この第十四章における「過失」は、「とがめる」気持ちと切り離せず、「黒い矢じり」となって「深く突き刺さる」無気味なものと化しているのである。しかも更に注意すべきは、この重苦しくまといつく「過失」の感覚はスペイン旅行を始めて以来つきまとうものであり、しかもその重さを増す体のものであったということである。そしてもう一つ注意されるのは、この「重さ」は「私」だけでなく「女」も感じていたということなのである。

先に、「私」は「過失」をいわば軽く評価し、「女」をその認識に至らすべくスペイン旅行に誘ったのであろうという一つの解釈を記しておいたが、予想ははずれ、この旅行の時点―サラマンカ滞在の最後の「夕陽」の場面の時点―では「私」も「女」も「過失」に打ちのめされてしまっているのである。「私」の打ちのめされようは「過失」に「原罪」に似たものすら感じていることからも重いものであったことがわかる。

それではこの「夕陽」の場面を舞台にした「過失」の重みの増大はどのようになっていくのであろうか。

＊

引用の（2）の叙述で第十四章は終わり、続く第十五章となるがこの章は「夜」の時刻の場面となっている。「私」はこの章を、「夜になると、私たちはプラーザ・マヨールまで歩いていって、そこのアーケードの下に座った。」と叙し、少し置いて、

（3）女は夜になると急に元気になった。そしてサラマンカでひっそり暮らせたら私たちは幸せになれるような気がすると言った。私はうなずいて、女のほうにビールのコップを高く差し上げた。気持ちのいい、ひんやりした風が広場に吹きこんできた。どこかでギターを弾いているらしく、拍手や囃すような叫びが聞こえていた。（308ページ）

と叙す。（2）での「重さ」は「夜」になって突如姿を消してしまう。そのことは「女は夜に

なると急に元気になった」とあり、「私」が「女」の言葉にうなずく旨を叙すところにうかがえる。「原罪」に似た感覚はそのときだけであり、「過失」を宗教的な問題にまで深めていこうとはしていないのである。

続く第十六章は、ジプシー娘の情熱的な踊りが叙され、第十七章の冒頭で「女」に「すばらしかったわ。あんな踊り、みたことがなかった」と言わせる。「私」はすっかり酔い「おれたちだって幸福になる権利があるんだ。おれたちは一緒にいる権利があるんだ。腐った矢じりなんか棄てちまえ。なにをくよくよしているんだ」といった意味のことを大声でどなりたい気分になっている。「幸福になる権利」「一緒にいる権利」を盾にとって「原罪」意識を投げ棄てようとしている。「女」は「私」の狂気じみた言動をなだめ、「私たち、ここで幸せになれたし、それ以上のことをサラマンカに負わせるべきじゃないわ」と言って「私」をたしなめる。「私」は「人々の暮らしの細部―歩いたり、喋ったり、愛したり贈物をしたりすることに―しみじみ愛着を抱けるようなそんな気持ち」になり、「女が野心を持っていないという気持ちがわかるように思った。野心を持たないとは、単純に生きるのを愛することだった。それを私はなんとながいこと忘れていたのだろう」と思うに至る。そのことは第一章における「野心」と照応し、見事に解決を果たしている。第一章で「女」は、「女が子供を欲しがらないときはね、野心があるときだけよ」「自分が野心家だと思っていた時期があったわ」「でも、あのことがあってから、自分に野心なんか、まるでなかったことがわかったのよ。もう取りかえしがつかないわ」と言っていたが、この第十七章において解決を見るに至ったのである。

このように「過失」はその「重さ」を取り払っていくのであるが、その「夜」三時過ぎにちょっとした事件が起きる。あのジプシー娘が窃盗で捕まったのである。「私」から事情のあらましを聞いた「女」と「私」の会話が次に続くがそこに「過失」という語が二回現れる。

(4) 私の報告を聞くと、ベッドに半身を起こしていた彼女はおどろいて座りなおした。
「そんなばかなことってある?」

「事実だからどうしようもない」

「でも、どうしてそんなばかなことを…」

「誰だって過失はあるさ」

「そうね。過失はあるわね」

「さ、もう一眠りしたほうがいい」

(314ページ)

この会話において注意されるのは「私」の「誰だって過失はあるさ」という発言である。すなわち、第一章の冒頭における「私」の発言が思い出されるのである。その第一章の冒頭の「私」の発言を再引しよう。

（5）「もう一度やりなおしてみるべきだよ。誰だって、過失はある。そのたびに何もかも投げだしたら、一生かかっても人は何もできやしない」　（291ページ）

この（5）における「誰だって、過失はある」という表現は、（4）における「誰だって過失はあるさ」とよく似た表現である。「さ」のあるほうがその事態の存在を相手に軽く持ちかける趣きがある。（5）のほうがものものしい断定、（4）のほうが軽い断定のように思われる。「さ」を伴わせることによって「女」の答えを誘い出そうとしているのではなかろうか。

だがそれはそれとして、自分の判断の仕方や相手へのもちかけ方に微妙な違いはあるとはいうものの、「誰だって過失はある」という内容は同じである。その一致点を通して第一章と第十八章とを比べて読むことは許されてよいであろう。第十八章ではジプシー娘が窃盗を行ったということと、二人の間の子供をおろしたということとを同一次元の「過失」とみているわけである。第一章では子供をおろすということの「過失」の程度がいまひとつはっきりしなかったが、第十八章ではその点がはっきりしている。しかも注意すべきは「私」の「誰だって過失はあるさ」という言葉に「女」は同調しているということである。第一章では「女」の同調はなかったがこの章では同調に至っているということに注意したいのである。この作品の展開という点から見れば、第一章での問題提起が第十八章において解決を見たということなのである。その途中では「過失」が深刻化することがあったが、結局は解決に至るという形になっているのである。

＊

さて、この作品では「過失」という語は三つの異なる展開を経て使用されていた。一つ目は、「過失」は誰にでもあるものだからと「私」が言っても「女」は即座には応じない。「私」と「女」がスペイン旅行に出る前の段階のものである。二つ目は、「過失」に「重さ」が切り離しがたく付着する段階である。サラマンカの最後の「夕陽」の場面でのものであり「私」も「女」も苦しみから逃れられなくなっている。三つ目は、その「夜」至り得た同調、調和の段階である。「過失」は誰にでもあるとの認識を二人が共有できた段階である。

そこで、この展開について小見を付しておきたい。第一の段階から第二の段階へと「過失」が変貌したことで、二人を新たな苦しみに追い込むことは十分あり得ることとして理解できる。旅行中に出現する過酷な諸状況も手伝って「過失」が変貌することは不自然ではないであろう。

しかし、ひとたび変貌を蒙った「過失」がもとの「過失」に戻るとするに当たってはそれ相当の説得力のある理由づけが必要であると考える。第二の段階では「原罪」という言葉まで持ち出されているが、この宗教的な問題提起は重い。この問題の解決、あるいは克服は、「夕陽」の耐えがたさとか「夜」のさわやかさとか、「女」が「急に元気になった」とかいうことによって決着がつくものであろうか。こう述べたからと言ってこの作品を批判するものではないが、この作品が宗教に深く立ち入って「過失」の問題にかかわろうとはしていないことは注意されてよいであろう。先掲の岡崎氏の論文では、「自分たちの行動の結果に苦しむ二人が、責任を、良心を、そしてこれからの生き方を自らに問う小説」であるとの見解を示しているが「責任を」「良心を」を強調し過ぎてはなるまい。岡崎氏はその論文の中で菅野昭正氏の見解「健全でつつましやかな」「庶民の生活への共感をあらわにしている」を批判しているが、「庶民の生活への共感」という見解は捨てがたい。「私」が「私は原罪など信じたことはなかったが、そのときだけは、それに似たものを感じた」と思うあたりは不徹底ということにもなろうが、われわれ読者の普通のレベルの正直な感じ方なのではなかろうか。

＊

「」の符号の使い方の見事さについて蛇足を二題加える。先にも引用したところであるが次の（6）をもう一度見てみたい。

（6）女は夜になると急に元気になった。そしてサラマンカでひっそり暮らせたら私たちは幸せになれるような気がすると言った。（308ページ）

傍線部は「と言った」が続いているのであるから明らかに「女」の発話である。この作品では発話であることがはっきりしている場合にはすべて「」が付されて会話文の体裁になっている。例外と見られるのはこの（6）だけである。だとすれば説明を付けておきたいところである。

（6）における発話はその前の「女は夜になると急に元気になった。」とかかわりがあるのではあるまいか。「夕陽」の時刻には「とても、こんなところにいられないわ」と不満をもらしていた「女」が「夜」になって元気を取り戻し自分の心のうちを「私」に話したのである。そのときの「女」の心持ちはその言葉が示すように、「ひっそり暮らせたら私たちは幸せになれるような気がする」ということであった。そのことを「女」はおそらく一人言のように自分に静かに言い聞かせるかのように言ったのではあるまいか。それは限りなく心中語に近いものであるが「私」にははっきり発話と聞こえた。その「女」の心持ちを表現すべく「」印を付さなかったのではあるまいか。

もう一つ加えたいのは、心中語かと思われるものに「」が付されている場合である。

(7)「酔っているわ。気をつけてね」

女の声が遠く聞こえた。彼女と一緒にいるのはいいことだ。彼女とサラマンカに住むのはいいことだ。

私は大声でどなりたかった。私たちは反対する者にむかって、挑戦的な気持ちで、どなりたかった。「おれたちだって幸福になる権利があるんだ。おれたちは一緒にいる権利があるんだ。腐った矢じりなんか棄てちまえ。なにをくよくよしているんだ」

私は実際に何かどなったらしかった。私のほうを振りかえってゆく男女が幾組かいるの

に気がついた。（311〜312ページ）

（7）の文脈からわかるように、「おれたちだって幸福になる権利があるんだ。…なにをくよくよしているんだ」は「私」の発言そのものとは言いがたい。「私」は「大声でどなりたかった。」のであり「実際に何かどなったらしかった。」のであるから、「おれたちだって幸福になる権利があるのだ。…なにをくよくよしているんだ」という整然とした言葉を口にしたとは思われない。したがってこれを「私」の口にした言葉として「」を付すのは尋常ではない。「」を付すことによって、この言葉が「私」の主張として正当であることを示そうとしたものではあるまいか。そのようにすることによって、「私」がしたかった、しかし、口にはできなかった主張を明確に読者に提示しようとしているもののように思われる。

先に検討した（6）の「女」の発話の内容、それとこの（7）の「私」の主張の内容は共に作品の中に肯定的に位置づけられる。「女」も「私」もサラマンカの地には住むことは選ばず、翌朝「エル・アルコ」を出るが、「ひっそり暮ら」すことへの願いは実現しそうな予感を読者に感じさせながら作品は終わっている。最後の第十九章において「私」と「女」は、ジプシー娘の様子を見て「オレンジを齧っていたね。あれが生きるってことかもしれない」「オレンジを齧るのね。裸足で」「そうだ、オレンジを齧るんだ。裸足でね、そして何かにむかってゆくのさ」といった会話をしているが、この二人の認識は（6）と通ずるものがあると思う。（6）の延長線上にこの二人の会話があっても不思議ではあるまい。

（7）の「私」の強い主張もそれを実行することによって、二人の会話、認識は成立すると考えられる。（7）を主張しそれを実行することによって二人の会話、認識はゆるぎのないものとなっているのだと考えられるのである。

つまり、「」があえて取り払われた「女」の発言と、「」があえて付加された「男」の主張はこの作品の内容にもかかわるものとして、その符号の使い方が改めて注意されてくるのである。

渡辺淳一『光と影』の一表現
――（ ）を付した心中語及び年月日の表現を中心に――

渡辺淳一氏の『光と影』は、周知のように第六十三回直木賞（昭和四十五年七月）を受賞した作品である。小松伸六氏が文春文庫の解説において述べている評言をはじめ、直木賞選考委員諸氏によっても高く評価されている（「オール読物」昭和四十五年十月号）。

さて、右に見る解説・批評などにおいては当該の作品の思想や構成などのすぐれている点を指摘しているが、本項では言語的表現がどのようになされ、それが作品の主題などとどのようにかかわるかという側面に焦点を絞ってみたいと思う。本項はしたがって作者の言語操作の一検算という性格をもつものである。

＊

まずは内容を概観すると、小武《おぶ》と寺内は共に西南戦争において右腕を負傷するが、小武は予定どおり切断される。しかし寺内は軍医のふとした思いつきで切断しないでおくという実験の材料となる。両人は無二の親友であったが性格は対照的である。そのことも手伝ってか、或いは何ものかの力によってか、寺内は〈光〉の人生を歩み、小武は〈影〉の人生を歩むこととなる。小武は寺内をねたみ、恨み、さげすむが寺内は内閣総理大臣にまで登りつめ、小武は狂死する運命をたどる。この両人の対照的な叙述の巧みさは先掲の評者たちによる解説、批評などの指摘するところであるが、（　）を付した心中語の表現の用法に言及したものはない。また、年月日の表現の巧みさに言及したものもない。以下本項ではこの二点を中心に検討を試みたいと思う。

＊

（　）を付した心中語ということについての検討の前提としておきたいことを具体例に基づいてあらかじめ述べておきたい。私の作例であるが、

①彼は「京都へ行きたい」と言った。

のように会話文とは発言の内容に「」を付したものであり、

②彼は京都へ行きたいと言った。

③彼は京都へ行きたい、と言った。

のようなものは「」を付さなかったり「、」を打つことによって何らかの表現上の効果をねらう表現であろう。これに対して心中語では、

④彼は京都へ行きたいと思った。

⑤彼は京都へ行きたい、と思った。

とあるのが普通である（⑤は何らかの表現効果をねらっているかに思われる）。これに対して、

⑥彼は「京都へ行きたい」と思った。

あるいは、

⑦彼は（京都へ行きたい）と思った。

とあるものは、何らかの表現効果をねらっている表現であると考えられる。

渡辺淳一氏の『光と影』を読んでいくと、右の⑦の表現がかなりの数使用されていることに気づくのである。小稿で検討してみたいのはこの⑦の表現である。

さてこの作品における心中語に（　）を付す表現の使用数を数えてみると、六十一例に及んでいることがわかる。そこでこの表現の用法をめぐって更に観察してみると次の（一）〜（五）のことが指摘できる。

（一）この心中語の主体（先掲の⑦で言えば「彼」に相当する人物）は小武だけである。寺内や他の人物が主体となることはない。

（二）この心中語は文の途中には使用されることもなく、行を改めて始まり後文に直接することもない。これだけで独立した一行をなしている。

(三) 心中語の内容が深刻である。このことは、寺内の心中語の内容や他の人物の心中語の内容との比較によって明らかである。

(四) ( ) の中を見ると、一例ではあるが (京都へ行きたい…) のように (…) の付されているものがある。

(五) この心中語の内容が小武と寺内の性格の違いとかかわっている。

以上の (一) ~ (五) はそれぞればらばらに存在するものではなく、統一的に説明することができるものである。( ) を付した心中語の内容が他の人物の心中語の内容に比べ深刻であり〈(三)〉、それが小武と寺内の性格の違いとかかるのである〈(五)〉。そして ( ) 内に、「…」を使用することによってその内容に陰影をもたらしてもいるし、一行独立という体裁をとることによって当の心中語を地の文から独立させて印象の強いものとしている。こうした内容上、体裁上の特色を持つ心中語の主体が小武のみであるということは、( ) を付した心中語が小武という人物の造型に深くかかわっていることを示していると考えてよいと思う。

＊

以下、(二)〜(五)について作品の本文に即して具体的に検討し小見を述べてみたい。

(二)は先述のように一行独立ということを指摘したものであるがこれを本文に即して具体的に述べてみたい。( )を付した心中語の一例を示す(『光と影』文春文庫)。

小武は微熱を覚えながら舷側に立っていた。北九州の島影は彼方まで紫色の帯となって連なっている。病院船が門司を抜け、瀬戸内海を過ぎ、大阪の臨時病院に着くのは明後日の午後と聞いた。

(それまで保つかな)

小武はまた横にいた少尉のことを思った。腸まで腐り始めていると軍医が言っていた。

(惜しい奴は死んでいく)

俺はどうかな、小武は包帯に包まれた右腕を見た。自分の腕なのに自分のもののようには思えなかった。

(腕一本なくして助かるのか)

先のことは大阪へ行ってみなければ分からない。小武は青い海へ唾を吐いた。

(8〜9ページ)

「小武は微熱を覚えながら」から「明後日の午後と聞いた。」まで、改行なく二文が連続している。「(それまで保つかな)」という心中語はその連続を区切って改行されている。「…明後日の午後と聞いた。」という地の文にこの心中語を続けようと思えば続けられる余白は充分あるのに続けることはしないで、行を改めているのである。また、この語の次には「小武はまた横にいた少将のことを思った。」という地の文を続けるだけの余白があるのにこの地の文は改行して始まっている。以下の心中語「(惜しい奴は死んでいく)」「(腕一本なくして助かるのか)」も同様に説明することができる。一方、「俺はどうかな」は小武の心中でありつつ、( )が付されず、改行もない(⑤の体裁)。( )を付した心中語はこの作品に六十一例見出せることを先に述べたが残る五十八例もすべてここの三例と同じ体裁で必ず前後の改行をもって叙されているのである。

これに対して、( )を付さない心中語は改行をもって叙されていない。

独学だが洋書も読める。寺内が自分以上に洋書を読めるとは思えなかった。まして仏語なぞ上手に話せるわけがない。(60ページ)

右における第二文から心中語は独立してはいない。第一文から第三文まで直接する体裁で続けられている。

この一行独立の心中語とそうでない心中語がこの作品には共存するのであるが、一行独立という体裁が当の心中語をより強く読者に印象づけるという表現効果をもたらしている。

次に（三）について具体的に考えてみたい。小武の当該の心中語は寺内の心中語に比べて深刻であると考えられるがまず寺内のものを見てみたい。

「やはり開かなければいかんのですか」

「なかに膿が貯まっているのです。もっと大きな通路を開いて出してやらなければ治りませんよ」

折角閉じかけてきたのを、と寺内は不満だった。だが佐藤がメスを上下に軽く動かしただけで膿は一斉に溢れ出た。

（40ページ）

右の「折角閉じかけたのを、」は先述の⑤の例であるが、寺内の心中語はほかにも二例ある。

もっとも寺内の方も最近は少しずつ考えが変ってきていた。当初は切断して早く退院できた方が良いと考えていたが、小武の予備役編入を知って、彼は必ずしも切断をするのが得策ではないと思い始めていた。痛みと時々の発熱はつらいが、軍医の云うとおりにもう少し頑張ってみるつもりになっていた。（40ページ）

寺内の④⑤のたぐいの心中語は右の三例であるがこれらを、次に示す小武のものと比べてみたい。

小武は声を失った。何としたことか、寺内にだけ幸運がつきすぎてはいないか、（中略）ましてや仏語なぞ上手に話せるわけがない。その男が宮様のお伴をして洋行するという。

（何かが狂っている）

小武は大声で叫びたかった。光と影の二つの方向に向かって歯車が少しずつ、しかしたしかに動き始めたようである。（60ページ）

学問のあまり出来なかった寺内らしい云い分だ。小武は聞きながら冷ややかに笑った。

「そして、自分の信条は天命に逆らわないことだと」

「天命に逆らわぬ？」

小武はさらに口中で二度ほど云ってみた。いかにも寺内の今のあり様を示しているように思えた。

（しかし俺とても逆らってはいない。逆らったのは俺ではなく天命の方ではないのか）

自分にとって天命はあまりに不合理ではないのか、それでもなお従えというのか、寺内、お前のようにうまくいく天命ばかりではないのだ。お前は光に向かい俺は影になっていく。

小武は再びやり場のない憤りにとらわれた。

（66〜67ページ）


先に掲示した寺内の心中語三例と、この（）が付された小武の心中語二例とを比べてみると、小武の心中語はそれが彼を追い詰めていくような迫力がある。この意味において小武の心中語は深刻であると言えよう。これに対して寺内の心中語はそうした迫力、深刻さというようなものは感じられない。心中語での思いが彼をかり立て深刻な思いに陥らせるということがないのである。

なお、ここで寺内の心中語が先掲の三例に限るという点に注意したい。小武の心中語は（）

を付したものだけでも六十一例もあるのと比べいかにも対照的である。このことは先の（五）を考える一つの材料となろう。

小武が右腕を切断された際の彼の心中語はどうか。

（それにしても俺はすでに腕がなく、あいつはとにかく腐っていても腕があるのだ）

そこに気付いて小武は苦笑した。腕のない男と腐った腕の男と、これは大した違いではない。こんなことで勝った負けたと云ってもどうなるわけでもない。不具になると、考えることまでケチになるのか、小武は自分の思いにいささか呆れてしまった。（31ページ）

小武は寺内と比較し自分を慰めようとした自分に呆れかえっている。寺内は腕の残ったのに不満を持つがそれがとぐろを巻く方向に進まない。状況の変化に応じて前向きに自分を律していくのである。

次に（四）について検討したい。（）を付した小武の心中語の例をいくつか見てきたがここまではいずれも（）の中に「…」という符号を使用していない。ところが六十一例中次に示す心中語だけにこの符号が使用されているのである。

小武は左手でしっかりと杖を握ったまま目を閉じた。抑えようとするが顳顬《こめかみ》が震え、唇が歪んだ。誰の悪戯なのか、誰の意志なのか。小武は手術室へ向かった時の気が遠くなるほど明るく、乾いた空を思った。

（あの時、すでに勝負は決まっていたのだ）

それなのに何と長い間、自分は踠いたことか。三十五年間必死に戦ってきた、小武の身内で音をたてて崩れていくものがあった。

（なんと愚かな…）

突然、小武は笑い出した。可笑しくて可笑しくてたまらぬというように、涙を出し、腹をよじって笑う。歯をむき出し、白髪の頭を振り乱して笑う。口だけ開き、目は狂気のように宙を見詰めている。

（91ページ）

右の引用における傍線部の表現「（なんと愚かな…）」という小武の心中語には次のような特色が指摘できる。

・この作品における（）を付した心中語は小武だけのものであり六十一例を数えることは先に指摘したが当該の心中語の中において符号「…」を使用しているものはこれ一例であり、しかも六十一例の心中語の表現のその最後に位置する使用例であること。
・当該の表現の使用の後、小武は狂者となりもはや内省は叶わなくなっていること。
・「(なんと愚かな…)」は、「(なんと愚かな)」と比べると、前者には言葉には表現しつくせない思い、陰影に富む思いが込められているということ。
・「踠いた」「三十五年間必死に戦ってきた」ことが「音を立てて崩れていく」という心的体験がこの「(なんと愚かな…)」という痛切な思いを誘発していること。

右のような、構成上の特色及び内容上の特色を、小武の最後の心中となった表現は備えているのである。とすれば、この両表現はこの作品を盛り上げるのに有効に働いているということが言える。

次に（五）について検討したい。寺内の性格についてこの作品では、

単純な熱血漢　（34ページ）

単純で人を疑わない性格の男　（40ページ）
悪気のない男　（58ページ）

と叙されている。一方の小武についてはこのたぐいの性格規定を行っていない。

「寺内の病状が悪かったのが自分にとって一つの救いであったのかも知れないと思」う人物であること。
「寺内は相変わらず創に苦しんでいるのだろう、そう思う時だけ、小武はかすかな救われた気持ち」になるという人物であること。
寺内は表面では親しい友人であったが、「心の底では悔って」いるという人物であること。

こういう旨のことを叙している。小武は寺内のように単純でもないし悪気のない人物でもないのである。両人の性格は対照的に叙されていると言ってよいであろう。だとすればこうしたことが（　）を付した心中語の在りように連動して効果を挙げていると考えられる。

目を転じてこの作品における年月日の表現を取り上げてみることにしたい。渡辺淳一氏の作品には数量的表現の活用ということが指摘されているが（橘豊『日本語表現研究』おうふう）この作品の年月日の表現にもそのことがうかがえる。以下具体的に考えてみたい。

年月日の表現と一口に言ってもその中には、年だけを記すもの、年と月の二つを記すもの、年と月と日との三つを記すもの、更には時刻をも加えて記すものがある。これらのうち、年だけのものと年月を記すものとを比べれば後者のほうが事件などの起こった「時」に関心が深いということになろう。それは当の事件などにも関心が深いということでもある。この関心の度合の深まりは年月の表現のものよりも年月日のもののほうが更に深いということになるし、年月日に加えてその日の時刻を記すもののほうが更に関心が深いということになるであろう。

右のことを念頭において、年月日の表現及び、年月日とその日の時刻を記すものとを対象に具体的に検討してみることにしたい。まずこの作品の最後に叙されている当該の表現を見よう。

＊

（1）寺内が死んだのはこの三年後の大正八年十一月三日であった。

　この時、特旨を以て従一位に叙せられ、大勲位菊花大綬章を授けられた。（中略）寺内の死後、小武敬介はなお二年間生き延びた。この間、小武はほとんど失明に近い状態であった。（中略）小武が気管支炎から肺炎を起し、癈兵院で死亡したのは、二月の初めの寒い朝であった。当直の看守も気付かぬ静かな死で、同室の狂者達だけがぼんやりと死体を見詰めていた。

（93〜94ページ）

右の（1）には寺内の死亡した年月日と、小武の死亡した月が記されている。小武の死亡した年は寺内の死亡した年から何年と推測できるが作者はそれを読者の推測にまかせるだけで明記していない。月は「二月」とするが日は明記しない。「初めの寒い朝」と記すだけである。この二人の死亡の「時」の記し方を比較すると寺内の「光」の人生と、小武の「影」の人生とが「時」の表現によってあざやかに対照されているさまがわかる。

以下はじめに戻って出現順に見ていく。

（2）「お前、やられたのか」
「お前も」

二人は互いの包帯におおわれた右腕を見合った。

「どこでだ?」

「田原坂だ」寺内が答えた。

「俺は植木坂だ」

「いつ?」

「三月十二日だ、お前は」

「十一日だ」

「お前が一日先輩だ」

二人はもう一度、額を見合わせて笑った。

（9～10ページ）


小武と寺内は共に西南戦争の戦闘で負傷する。このことは（2）のあとに「寺内と小武、この二人が加わった西南戦争は西郷隆盛を首領とする鹿児島旧士族の反乱であった。戦闘は明治十年（一八七七）二月、薩軍が政府軍を熊本城に攻撃したことにより火ぶたがきられた。」（10ページ）とあることを併せると理解できる。

さて二人は負傷の月日をおおらかな笑いとともに語る。同士として友情の篤いこともわかる。

二人にとっては「三月十二日」「三月十一日」は名誉の日であるかのごとくである。これを先掲の（1）と比べると、二人は共に〈光〉の人生を歩んでいるように思われる。〈時〉の表現では対等である。それが（1）に至ると対照のさまがくっきりとしてくる。（2）は（1）と対照して読むこともできよう。

（3）この大阪臨時陸軍病院に天皇陛下が行幸になったのはこの三日後の三月三十一日であった。天皇陛下は内閣顧問木戸孝充を随え、京都行在所から行幸になった。

この時、病院には二千四百名の負傷兵がいたが、ベッドに起きられる者以外は寝てお迎えして構わぬという布達が出た。小武は起き、寺内は寝たままと定められた。

（28ページ）

右の（3）には「三月三十一日」とある。これは天皇陛下の行幸の日であるから日まで記したとも考えられるが、小武が寺内のその日の行動・行為を忘れがたく思う日であったからであるとも考えられる。（3）に続く叙述によれば、寺内は起きて天皇陛下を迎えたいと切望するがどうしてもかなわない。小武は私情を抑えて寺内を押える。「陛下が通り過ぎたあと、小武は寺内が泣いているのを知った。」（29ページ）一日であったのである。

（4）偕行社は明治十年一月三十日、東伏見宮嘉彰親王以下十六名の将校が、陸軍少将曽我祐準邸に集まり、創立の事を議決したのに始まっている。（44ページ）

右の（4）も日まで記すものであるがこれは公の事に属するから年月日を記すに及んだのだとも考えられるが、偕行社の創立が後々の小武と寺内両人の確執と深くかかわることになるということともかかわっていると考えられる。陸軍大臣となった寺内は偕行社の社長を兼務することになる。当時偕行社の事務長であった小武は業務の報告を寺内にしなければならない立場になっていたのである。いよいよ両人の面会の日が訪れ、争いが生じてしまう。作品はこのように展開していくのであるから、偕行社の創立は小武にとっては運命の日であったともいえる。だとすればこの作品の展開から見て（4）における年月日の記は重要であると解されるのである。

（5）小武が偕行社に勤めて三ヵ月経った九月二十四日に、西南戦争は城山の戦いで幕を閉じた。西郷軍三万、征討軍五万八千を動員した最後の士族反乱は幕を閉じ、これによって明治政府の権力は確立した。凱旋軍が続々と帰京し、それにともなって偕行社への入会者は増え、集会場は賑やかさを増した。

（47ページ）

右の（5）は西南戦争が幕を閉じ、明治政府の権力確立日を告げるものである。その意味において「九月二十四日」と記すことは歴史的に見て重要であり作者はそのことを重視して月日の明示に及んだものとも考えられるが、この日を境として小武寺内両人の再会のドラマが始まる。腕のある陸軍大尉の寺内との再会の日が近づいているのである。その意味において「九月二十四日」は小武の運命がもう一つ回転しはじめる日でもある。

（6）この年の五月三十一日、寺内は戸山士官学校生徒司令副官になった。そのことを小武は十日後に偕行社で中山事務長から聞いた。

（54ページ）

寺内が昇進し新たな地位につくことを叙すくだりはこの作品の他の箇所にもあるがそれらの日付を明記するものは（6）のくだりのほかにはない。したがって（6）のくだりは注意されてよいと思う。私は寺内が戸山士官学校生徒司令副官になった日よりもその日から数えて十日後にこのことを小武が人伝に聞いた日がはっきりとわかるように叙されているということである。

それではその日に何が起こったのか。小武はその話を聞いて「あいつは腕が利かない筈ですが」と問うと中山事務長は「利かないがあるんだろう」と答える。それを聞いた小武は「ある…」と云い呆然と口を開けていたのである。そして「マッチを掴んだ寺内の魔物のような手が」小武に甦ったのである。そして小武は「何かが大きく動き始めているようだった」と感じ、「それが何か、しかとは云い表わせない。しかし眼に見えないもう一つのものが少しずつ自分と寺内を引き離しているように」思えるのである。

このように作品の展開を追ってみると「五月三十一日」の「十日後」という日は小武にとって運命の日となったと言えるであろう。

（7）明治三十五年四月十日午前十時、彼は仕立て下しのフロックコートを着て馬車で麹町区永田町の陸軍省に向かった。左の腕には職務報告に要する書類をつめた鞄を持っていた。二十分で車は陸軍省の前に着いた。

（72～73ページ）

先の（4）において偕行社創立の日に関連して、小武は事務長の立場で、寺内は社長の立場で相対する時のくることを述べたがいよいよその日がやって来たのである。その日は「明治三十五年四月十日」であるが小武が陸軍省に居る陸軍大臣寺内に面会すべく自宅を出たのは「午前十時」であるとしている。ここには年月日のみならず「午前十時」という時刻までが明記されている。ついでに言えば陸軍省に着くまでの時間は「二十分」であるとも記し、何かただならぬ事件が起こりそうだとの読者の予感を誘う。

それでは（7）のあとどのように作品は展開するのであろうか。寺内は鷹揚に接待し昔の話をし妻を亡くした旨などを話し、妻を亡くした小武に寺内は後妻の世話を申し出るが、その女性は小武のかつての許娘であった「本庄むつ子」であった。その人は小武とは結婚せず他の男と結婚し今は未亡人となっていた。小武はかつての苦い思い出がよみがえり即座に断り、用件を済ませ急いで帰ろうとする。その時の時刻を「十二時を五分廻っている。面会予定時間の三十分は過ぎていた」と叙すのも緊迫感を誘う。寺内は小武の様子を察し一通の紹介状を渡そうとする。それは「義手」の手当てのための紹介状であった。小武は即座に断り席を蹴って立ち去ろうとする。「一度火のついた焔はくるったように燃え」さかり「一時間後」に「五人の兵に囲まれて」家に帰った。「(あれは狂気であった)」と小武は反省し「奥の間で正座し、白壁に対しながら」「悪夢としか思えぬ時間を回想した」のであった。

このように物語の展開を追ってくると(7)における年月日、その日の時刻(更には時間の経過)の明記は「悪夢としか思えぬ時間」、その運命の時の始まりを示すものとして有効に機能していると考えられる。

以上、(1)〜(7)の七例、こまかく見れば(7)における「十二時を五分廻っている」を一例とすれば合計八例を指摘し検討した。(1)と(2)との呼応、(3)〜(7)における小武の「影」の人生の顕在化、増大化が年月日及びその日の時刻の明記と対応しているさまを見た。(7)以後このたぐいの時間表現が全く見られなくなるのも作品の展開、その盛り上がりと呼応していて見事である。

＊

以下二、三の言語表現について小見を付しておきたい。

「享年七十」他、年齢表記

第十章は、「死後遺体は神田五軒町の娘の嫁ぎ先に引き取られ、そこで通夜のうえ翌日火葬に付された。享年七十であった。」という叙述をもって終わる。小武の死んだ年齢を「享年七十」と記しているのである。この明記がこの作品の最後にあることが印象的なので人物の年齢の明記されたものを調べてみると、すべての人物にではなく限られた人物にそれが見られるものであることに気付く。

母のせいは周防の防府でまだ生きていた。数えてみると五十二歳であった。二十七歳の今日まで孝養らしい孝養もしなかったと小武はかすかな悔いを覚えた。　（16ページ）

「母のせい」とは小武の母のことであるが、ここには小武の母の年齢と小武の年齢とが記されている。以下小武本人のものを示す。

小武は自分が肉体的にも精神的にも軍人であることを失い、人生の下り坂にさしかかっていることを知った。この年、小武は四十三歳であった。　（70ページ）

大正二年、小武教介は六十歳に達したのを機に偕行社を辞職した。（中略）

（あとは死ぬだけ）
そう思った時、彼は初めて寺内とはもう永遠に争うことはないのだと知った。（中略）
（所詮は一人相撲であった）
（88ページ）

次に小武の妻のものを示す。

明治十一年が明けた。この年の二月、小武教介は妻を娶った。相手は神田木挽町、河瀬小十郎の娘かよ二十一歳であった。小武とは八つ違いである。
（52ページ）
妻のかよが風邪をこじらせ肺炎に罹り三十二年の秋に死んだ。享年四十二であった。
（70ページ）

以上、年齢が表記される例を示したが、小武のもの、小武の母のもの、小武の妻のものに限る。寺内や寺内の妻、小武の許嫁、小武の親戚のものなどには使用されていない。小武と小武の妻両人の享年の明記はあわれを誘う。「影」の人生を歩かされた小武、そしてその妻の享年の明記はいかにもあわれである。「光」の人生を闊歩した寺内にこれがないのと対照してみてそのように思う。小武の母と小武の妻の二人をも併せてみると両人に対するいたわりのまなざしのようなものが感じられもする。

「悪戯《いたずら》」

第一章において「悪戯」という言葉が二回使用されている。一つは佐藤軍医の会話におけるものでありもう一つは小武の心中語におけるものである。

「先日、二年ぶりに石黒院長とお会いして、あなたと寺内さんのことを話したのですが、ほんとうに不思議な気がいたしました」
「私と寺内が」
「ええ、ちょっとした運命の悪戯《いたずら》に違いないのですが」
「何でしょうか」
「手術の順番はどうして決めたのですか」
「貴方のカルテが寺内さんのカルテの上に置いてあったのです」
「カルテが上…」

（90ページ）

小武が左手でしっかりと杖を握ったまま抑えようとする顳顬が震え、唇が歪んだ。誰の悪戯なのか、誰の意志なのか、小武は手術室へ向かった時の気の遠くなるほど明るく、乾いた空を思った。

（91ページ）

はじめのものには「ちょっとした運命の」という修飾語がついている。佐藤医師は自分のした処置に対して「考えると恐ろしい」と言うが「ちょっとした運命の悪戯」と言った際にはごく軽い気持ちで自分の処置を話していると思う。そのことは「ちょっとした」と言う言葉に端的に表れている。

だが二つ目の「悪戯」はそうではない。もっと重いものが付随しているように思う。小武のこの「悪戯」という心中語の言葉は先の佐藤軍医の「悪戯」という言葉を踏まえて使用している。軍医がごく気軽に使用した言葉をもっと重い意味において再び使用している。「抑えようとするが顳顬《こめかみ》が震え、唇が歪んだ」ときの心の叫びとして「誰の悪戯なのか、誰の意志なのか」と叙述しているのである。「ちょっとした運命の悪戯」などという次元ではない。

私は、わずかの二回、「悪戯」という同一語の二回の使用ではあるが、いかにも効果的であると思う。小武の「影」の人生のはじめと、その終わりが、この二回の使い分けによって象徴されているようでもある。

「安らぎ」

（あとは死ぬだけだ）

そう思った時、彼は初めて寺内とはもう永遠に争うことはないのだと知った。争うどころか意識することもない。辞めて得た安らぎはむしろこの気持ちの落ちつきからきたのかも知れなかった。（88ページ）

この「安らぎ」の心境を得たのは小武が偕行社を六十歳で辞めた時である。もう寺内との確執もないと思った時に得られた境地である。彼は、陽のいい日上野から浅草、そして隅田川べりまで足を延ばす。だが退職二年後の春から物が靄がかかったようにおぼろげになり瞳孔に白い膜が現れるようになる。近所の人から順天堂病院を紹介されるが、それが運命の暗転を告げるのであった。自分の右腕を切断した佐藤軍医との再会があり「悪戯」の項で述べた事態に引き合わされるのである。してみれば小武の得た「安らぎ」は二年ほどしかなかったということになる。「安らぎ」という言葉はここに一度しか使用されていないが小武の「影の人生」の過酷さを伝えて絶妙である。

あとがき

私は歴史物語の一つである今鏡の表現の特色を、他の歴史物語や源氏物語などとの比較によっていくつか指摘し報告した。主に七十歳ごろまでの仕事であるが、作品の表現の在りようには今も興味を持ち続けている。

私の見出そうとする表現は、主に作品の主題や人物造型と深くかかわるたぐいのものである。これはいわゆる個別的文体論の一つであるが、ささやかながら他の作品においてもいくつかの徴証を見出し得たのでここに公表することとした。レポートの域を出ないがこの方面の研究及び作品の鑑賞に資するところがあれば幸いである。

本書はこれまでと同様、株式会社新典社のおかげで世に問うことができた。また編集部の方々には大変お世話になった。記して感謝の微意を表したい。

大木　正義（おおき　まさよし）
昭和 10 年 12 月 23 日　東京都に生まれる
昭和 34 年　4 月　東京教育大学文学部国語国文学科卒業
専攻　日本語文法論・文体論
元宇都宮大学教授
著書『歴史物語文章論—今鏡を中心に—』（教育出版センター，平成4年）
『今鏡の表現世界』（新典社，平成5年）
『歴史物語の表現世界』（新典社，平成6年）
『今鏡—構成の彩り』（新典社，平成7年）
『今鏡の表現論考』（新典社，平成9年）
『今鏡表現論』（新典社，平成11年）
『今鏡の表現 追考』（新典社，平成17年）

作品《さくひん》の表現《ひょうげん》の仕組《しく》み
—— 古典と現代　散策 ——
新典社選書 60

2013 年 3 月 12 日　初刷発行

著　者　大 木　正 義
発行者　岡 元　学 実

発行所　株式会社　新 典 社

〒101－0051　東京都千代田区神田神保町1－44－11
営業部　03－3233－8051　編集部　03－3233－8052
ＦＡＸ　03－3233－8053　振　替　00170－0－26932

印刷所 恵友印刷㈱　製本所 ㈲松村製本所

ISBN978-4-7879-6810-4 C1395
http://www.shintensha.co.jp/　E-Mail:info@shintensha.co.jp